KB119594

내가 엄마가 될 수 있을까?

당연했던 마음에
질문을 던지다

미지
지음

내가 엄마가 될 수 있을까?

위즈덤하우스

질문을 던지다

이 책은 전에는 감히 상상조차 할 수 없었던 인생의 갈림길을 앞에 두고 쓰게 되었다. 물론 앞으로도 내가 아는 사람이든 모르는 사람이든 그 누구도 나와 똑같은 경험은 하지 않기를 진심으로 바란다. 낳아서 기르던 아이와 어느 날 갑자기, 전혀 예상하지 못했던 순간에 이별을 맞이한다는 것은 이전에 사랑했던 사람들과 헤어졌을 때와는 또 다른 차원의 고통을 가져다주었다.

그렇지만 어느 쪽을 고르든 인생이 전과는 너무나 달라질 것이 분명한 선택을 해야 할 때는 내 이야기가 참고할 만한 하나의 예가 될 수는 있었으면 좋겠다. 또 그런 의미에서 이 책을 끝까지 읽는 시간도 얼마 걸리지 않았으면 한다. 그저 훌훌 읽히기를 바라면서 문장을 다듬었다. 대신 책을 덮고 나서는 골똘히 각자의 무엇들을 생각하게 되는 도구로써 쓸모가 있기를 바란다.

많은 사람들이 그렇듯 돌이켜 보면 나 또한 그동안 인생이 크게 달라지는 순간을 여러 차례 맞이했었다. 그런데 그런 변화의 순간들마다 놀라울 정도로 깊게 고민을 하지 않았다. 매번 꽤 많은 선택지들을 앞에 두고서도 나에게 선택지가 있다는 것조차 몰랐던 것 같다. 그러기에는 이미 당연히 그래야만 하는 것들이 너무나 많았다. 고등학교를 졸업하면 대학에 들어가야 했고 대학을 졸업했으면 되도록 빨리 진로를 결정해야 했다. 결혼을 했으니 당연히 아이도 낳아야 하는 것이었다.

이게 정말 맞는 건가 의심이 드는 순간들도 있었다. 하지만 그때마다 그런 내 마음보다는 되도록 문젯거리가 되지 않는 것이 더 중요했다. 나를 낳고 기른 부모와 갈등을 일으키지 않으며 남들 보기에도 썩 나쁘지 않을 것 같은 삶을 추구했다. 그럴듯해 보이는쪽을 고르는 데는 오랜 시간이 걸리지 않았다. 또 그런 선택이야말로 가장 안전하다고 믿었다.

하지만 알고 보니 삶에 그런 것은 많지 않았다. 그 어떤 선택이나 결과도 애초에 당연한 것은 없었던 것이다. 완전히 안전한 것 또한 없었다. 나는 하나의 개별적 존재면서도 어쩔 수 없이 어떤 세계 안에 속해 있었다. 그것은 수많은 변수에 둘러싸인다는 것을 의미했다. 그러니 혼자 조심스러운 태도로 일관한다고 해서 문제가 생기지 않는 것도 아니었다. 그럼에도 그저 정해진 길만이 있다는 식으로 오랫동안 길러졌다. 타고난 기질도 그에 반항할 만큼은 못 되었다. 그러느라 여러 경우의 수들이 서로 얽혀 돌아가는 삶의 복잡성에 대해서는 배울 기회가 없었다. 결국 몸의 한쪽을 떼어 만든 소중한 존재를 잃고 나서야 깨닫게 된 것이다. 인생은 대부분 의도한 대로 흘러가지 않는다는 사실을.

아이는 태어난 지 20개월째였던 어느 날 많은 가족들이 모인 행사에서 내 품 안에 쓰러지듯 잠든 이후 다시는 깨어나지 않았다. 그 누구도 이유는 알 수 없었고 알았다 한들 달라질 것은 없었다. 아이가 곁에서 허망하게 떠난 이후 때때로 알 수 없는 배신감과 억울함이 차올랐지만 나는 여전히 많은 것을 거스르지 않으려고 노력했다. 그러면 어떤 식으로든 다시 자연스럽게 정리될 것이라 믿었다. 결국에는 전과 달라진 것이 없는 반복일 뿐이었다. 그러다 이제 그만 이 반복을 멈추어야겠다는 생각이 들었다. 그리고 살면서 처음으로, 당연하게 여겼던 모든 것을 깊게 고민해보기로 했다.

그사이 벌써 두 번의 유산을 겪은 후였다. 아이를 잃었으니 당연히 아이를 또 낳아야 한다고 생각했다. 별 의심이 없었다. 또다시 배 안에 품게 된 생명을 두 번이나 잃었는데도 아무 생각이 없었다. 무엇보다도 커다란 삶의 이상 신호였는데 알아채지 못했다. 사는 동안 이보다 더한 일이 있을까 싶은 일을 겪었음에도 불구하고 한 사람이 오랜 시간 지녀온 삶의 태도란 그리 쉽게 변하지 않았다.

지금 생각해보면 나는 당시 그나마 감당할 수 있는 최대치의 절망에 빠져 있었던 것 같다. 그러니 거기에 무엇이 더해진다고 해도 느낄 수가 없었다. 몸과 마음이 이미 상해버렸는데도 상실감은 모든 것을 가려버렸다. 한편으로는 어떻게든 빨리 이 슬픔과 괴로움에서 벗어나고 싶은 마음도 컸다. 그래서 거기서 멈추기는커녕 난임 전문 병원을 자진해서 찾아갔다. 심지어 유명한 곳이 집에서 아주 가까웠다. 그 근처를 매일 오가면서도 전혀 몰랐던 사실이었다.

나의 짝 유군도 병원으로 함께 가 검사를 했다. 그도 갑자기 떠나버린 아이에 대한 죄책감에 자신의 몸과 심지어 유전자까지도 모두 알고 싶어진 모양이었다. 그렇지만 관련된 모든 검사 결과 우리에게는 아무런 이상이 없었다. 우리는 그곳에서 이끄는 대로 다시 한번 임신의 과정을 거쳐보기로 했다. 나는 난소 한쪽에서 한 달에 하나 나오는 난자가 여러 개 나올 수 있도록 과배란 약을 먹었다. 그렇게 4주간 철저하게 임신만을 위해 정해진 일정에 맞춰 살았다. 중간중간 병원에 가서 질초음파로 자궁의 변화를 관찰했다.

그런데 그 과정을 지나는 동안 이전에 느낀 것과는

또 다른 우울감에 빠지고 말았다. 처음으로 삶을 그만 두고 싶다는 생각까지 했다. 혹시 호르몬을 조절한다는 약 때문인가 의심도 했다. 명확한 이유는 알 수 없었지 만 이상하게도 가면 갈수록 이건 아닌 것 같다는 생각 이 자꾸 들었다. 누가 강제로 시키지도 않았고 애써 찾 아가 돈을 내고 시간과 노력을 들이고 있었으면서도 과 연 무엇 때문에 이렇게까지 해야만 하는지, 아주 근본적 인 부분에 대한 의구심이 커졌다. 어떤 행동을 하기 전 에 이 질문을 먼저 해야 했음을 뒤늦게 깨달았다. 이래 저래 모든 것들이 뒤죽박죽이었다.

다행인지 불행인지 결국 그달에는 수정이 이뤄지지 않았다. 의사 선생님은 처음부터 다시 하자고 했다. 하 지만 그날 병원 밖을 나서면서 결심했다. 여기서 멈춰 야겠다고. 이제 그만해야겠다고. 그리고 내 인생에서 다시 아이를 낳고 기르는 의미에 대하여 아주 처음부터 곰곰이 생각해봐야겠다고. 당장 임신에 실패한 것은 전 혀 실망스럽지 않았다.

신기하게도 이렇듯 살다가 좀 주저하고 있다 싶으면 내가 말하기도 전에 먼저 나에게 조언을 하는 사람들이 나타났다. 물론 도움을 주고 싶기 때문일 것이다. 어쨌든 그런 것이라 믿기로 했다. 그들은 모두 짠 듯 임신이 원한다고 쉽게 되는 것도 아니니 자연의 순리에 따르라고 했다. 생기면 하늘의 뜻이다 하고 낳으면 되지 않겠냐고. 하지만 어찌해야 할지 알 수 없어 흘러가는 대로 살아보는 카드는 이미 여러 번 써먹어버렸다. 그리고 그 결과 이렇게 다시 원점이다.

한동안 마음이 많이 힘들 때 찾았던 정신과 의사 선생님은 그때는 내가 아이를 다시 낳는 문제를 머릿속으로 떠올리는 것조차 피하고 있다고 했다. 구체적으로 생각하기 시작하면 여러 괴로운 기억들이 떠올라 너무 힘들어지기 때문이라고 했다.

그렇다고 계속 미루며 살 수는 없는 일이다. 결정적으로 임신이 가능한 생물학적 조건은 정해져 있다. 시간은 늘 그렇듯 이런 복잡한 마음과 내 사정을 봐주며 기다리지 않는다. 지금 이 순간에도 쉼 없이 흐르고 있고 나는 매 순간 조금씩 나이 들고 있다.

그러니 이번에야말로 그동안과는 달리 제대로 마주하고 고민하기로 했다. 세상이 당연하다고 하는 것들을 더 이상 당연하게 생각하지 않기로 했다. 그리고 곁에 있는 누구에게든 어디에든 이제는 내가 먼저 물어보기로 했다. 심지어 나 자신에게도 말이다. 누군가에 의해서가 아니라, 어떤 상황과 조건 때문이 아니라, 어떻게든 내가 스스로 구해서 내린 결론이라면 그것은 온전히 내 것일 테니까. 온전한 나의 선택일 테니까. 혹시 그로 인한 결과가 겉으로는 전과 다를 바 없어 보일지라도 그런 과정 끝에 선택한 결과라면 전과 같지만은 않을 것이다.

전에는 엄마가 되었으니 영원히 엄마로 남는 줄 알았다. 그것이 너무나 무겁고 답답해 괴로운 순간들도 있었다. 하지만 지금의 나는 더 이상 엄마가 아니다. 어느 날 갑자기 그렇게 되어버렸다. 내 아이는 먼저 이 세상을 떠났지만 나는 여전히 살아 있다. 도무지 왜인지 알 수 없으며 안타깝기 그지없지만 그 사실은 앞으로도 변함이 없다. 그럼에도 나는 계속 살아가야만 하니까. 이렇게 여전히 남아 있는 나의 삶에도 일종의 의무감을 가지고 고민해보겠다. 지금 내가 할 수 있는 것은 오직 이것뿐인 것 같다.

"다시 엄마가 될 수 있을까요?"

차례

1부

다시 엄마가 될 수 있을까요?

2부

내가 다시 엄마가 될 수 있을까?

1부

—

다시 엄마가 될 수 있을까요?

아이와 나누는
절대적인 사랑이 있잖아

| 현 | 대학 동기. 전업주부다.
배우자와 아들 한 명과 함께 살고 있다. |

현과는 대학에 입학하기 직전에 열린 신입생 오리엔테이션에서 처음 만났다. 이후 우리는 20대 시절을 지나 30대 초반까지 함께 붙어 다녔다. 알고 보니 그와 나는 성장 환경, 삶에 대한 가치관, 정치적인 성향, 사소한 취향까지도 조금씩 달랐지만 그렇게 서로를 알아가며 긴 우정을 쌓았다. 또한 그 누구도 의도하지는 않았지만 나는 그를 통해 가족의 죽음에 대해 처음으로 알게 되었다.

방학이 끝나고 다시 새로운 학기가 시작되는 첫날이었다. 아침에 잠에서 깨자마자 전화를 받았다. 그는 수화기 너머에서 아주 덤덤한 목소리로 자기 아버지의 부고를 알렸다. 갑자기 쓰러지셔서 병원에 급하게 입원했지만 곧 괜찮아지셨다는 이야기를 들은 것이 불과 전날

이었다.

그때 우리는 갓 스무 살이었다. 나는 누가 돌아가시면 언제 어떤 시기에 어떻게 조문해야 하는지도 몰랐다. 그전까지는 장례식장도 부모님을 따라서나 가보았지 혼자 가본 경험이 없었다. 일단은 얼떨떨한 상태로 학교에 갔더니 우리보다 몇 살 위였던 동기 하나가 수업이 끝나면 장례식장에 찾아갈 것이라고 했다. 나는 뭐가 어떻게 되어가고 있는지도 모른 채 그 친구를 따라 어찌어찌 장례식장에 도착했다. 거기서 검은색 한복을 입고 있는 현을 보고 나서야 뭔가 실감할 수 있었다. 나는 하늘색 셔츠에 청바지 차림이었다.

그 후 학교로 다시 돌아온 그를 어떻게 대해야 할지 알 수 없었다. 아직 서로 안 지 얼마 되지 않았으니 아버님을 생전에 직접 뵐 기회도 없었다. 다만 그가 흘리듯 한 말들과 우연히 사진으로 보게 된 아버님의 모습으로 짐작건대 막내딸에게 사랑을 듬뿍 주시던 든든한 분이었음은 분명했다. 그런 존재가 어느 날 예고도 없이 현의 곁에서 사라진 것이다. 단 한 번도 그런 상황을 겪어본 적 없던 나는 그 어떤 심정도 짐작할 수 없었다.

그랬던 그와 나는 어느새 30대를 맞이했다. 우리는 각자 결혼도 하고 아이도 낳았다. 그러다 보니 전처럼 자주 붙어 다니기는커녕 얼굴 한번 보기도 힘들어졌다. 심지어 그는 곧 배우자의 회사 발령으로 돌도 되지 않은 아이를 데리고 타국으로 떠나야 했다. 그렇게 이제는 같은 나라 안에도 있지 않던 어느 날, 나에게도 그 일이 일어났다. 현은 이미 한참 전에 먼저 겪은 가족의 죽음이었다. 이번에는 그 대상이 내가 낳은 나의 아기였다.

어렸을 적 그가 아버지의 갑작스러운 죽음을 나에게 알렸던 것처럼 나도 내 자식의 갑작스러운 죽음을 알려야만 했다. 모두에게 한 명 한 명 연락하기에는 너무 버거워 그를 포함한 대학 동기 중에서는 당시 나와 가장 가까이에 살던 친구에게만 대표로 알렸다. 그런데 얼마 지나지 않아 휴대전화로 국제 전화가 걸려왔다. 소식을 전해 듣자마자 연락을 한 현이었다.

그때 그가 나에게 뭐라고 했었는지 지금은 정확히 기억나지 않는다. 어쩌면 기억하는 것이 이상할지도 모르겠다. 다만 평소 자신의 힘든 부분에 대해서는 이야기를 잘 하지 않던 그가 울었다는 것, 그리고 '그때 너는 나와 같이 있어줬지만 지금 나는 여기에 있어 그럴 수가 없다'라며 소리쳤던 것이 드문드문 떠오른다. 비록 전화기를 통해 들려오는 목소리뿐이었지만 알 수 있었다. 평소 가끔은 냉정해 보일 정도로 이성적인 그가 그 어느 때보다도 흐트러져 있었다. 그리고 그 어느 때보다도 진심이었다.

시간이 더 흐른 후 현이 한국에 잠깐 들어왔다. 우리는 오랜만에 광화문역 근처에서 만나 점심도 먹고 카페로 자리를 옮겨 달달한 핫초콜릿을 마시던 중이었다. 그러다 문득 깨달았다. 그가 그동안 아이를 다시 낳는 문제에 대해서는 단 한 번도 묻지 않았다는 것을. 어떤 사람들은 나에 대해서 잘 모르고 비슷한 경험을 공유하지도 않았으면서 쉽게 궁금해하고 쉽게 물었는데 그는 그러지 않았다.

당시 대화의 맥락과는 상관도 없이 나는 그에게 이렇

게 물어보았다.

"근데 말이야, 그래서 넌 내가 다시 아이를 낳으면 좋을 것 같아?"

혹시 너무 갑작스러운 질문은 아닐까 싶었다. 그런데 그는 내 예상과는 달리 마치 이때를 기다렸다는 듯 조금도 머뭇거리지 않고 대답했다.

"사실 나 그때부터 지금까지 계속 생각하고 있었어. 너는 꼭 다시 아이를 낳아야 한다고 생각해."

단호한 대답에 오히려 내가 당황하고 말았다.

"진짜? 너 방금까지 애가 크더니 너무 말을 안 듣는다고 얘기했잖아. 그래서 아기 때보다 키우기 힘들다고."

나의 돌발 질문 직전, 현과 나는 그의 아들에 대한 이야기를 나누고 있었다. 출산과 육아에 있어 크고 작은 어려움이 없는 부모는 거의 없을 것이고 현 역시 마찬가지였다. 그런데도 그는 나에게 아이를 다시 낳아야만 한다고 주저 없이 말한 것이다. 그러니 내 입장에서는 당연히 이유를 되물을 수밖에 없었다.

"당연히 애 키우는 거 힘들지. 앞으로도 힘들 거고. 애가 크면 클수록 더 힘들 수도 있겠지."

그는 그 언젠가처럼 진심이었다.

"하지만 아이와 나만 나눌 수 있는 그런 감정 있잖아. 아이가 매 순간 나만 바라보고 나만 따르는. 물론 그것도 어렸을 때 잠시뿐일 수도 있겠지만, 그거 너도 뭔지 알지?"

마지막으로는 이렇게 말했다.

"나는 네가 그걸 다시 느꼈으면 좋겠어."

안다. 그의 말처럼 나도 이미 알고 있다. 아이를 낳기 전에는 전혀 알 수 없었던 새로운 세계. 아이에게 내가 너무 절대적이라 때때로 도망치고 싶을 만큼 고통스럽지만 또 한순간에 그것을 잊게 만드는, 단순히 사랑이라고 말하기에는 부족한 그 느낌. 내가 이미 그것을 알아버렸으니 아이가 사라지고 난 후 이렇게 허전하고 힘든 것일 테다. 아마도 그 감정은 또다시 아이를 낳아 기르며 다시 느끼는 것 외에는 다른 어떤 것으로도 대체하기 힘들 것이다. 나도 인정한다.

　동시에 그 대체라는 부분이 마음에 걸린다. 현재의 고통스러운 감정을 이겨내기 위하여, 혹은 그 감정을 덮기 위하여, 아니면 어떤 감정을 되찾아 오기 위하여 아이를 또 낳는 것이 나는 좀 무섭다. 물론 무엇이 사라져 비어버린 부분은 원래의 것으로 다시 채우는 게 가장 좋을지도 모른다. 크기도 모양도 딱 맞을 테니까. 하지만 떠난 아이는 이 세상에 단 하나밖에 없던 존재였으니 이제 다시는 똑같이 채울 수 없다. 그렇다고 최대한 비슷한 것을 끼워 넣겠다는 심정으로 다시 아이를 낳는다면 그것은 새로운 아이의 삶에 시작부터 짐을 지우는 것일 테다. 사랑이 사랑으로 잊힌다는 말도 어찌 보면 내 입장에서의 생각일 뿐이다.

　더구나 아이는 자신의 의지로 태어나는 것이 아니니 시작의 책임은 전적으로 부모의 몫이다. 제대로 정리되지 않은 마음으로 섣불리 새로운 관계를 시작한다면 서로에게 큰 상처를 남길 수도 있다. 만약 그렇게 된다면 지금과는 다른 차원의 죄책감으로 후회하게 될 것이다.

그렇다고 해서 그때의, 서로가 서로에게 절대적이었던 관계에서 비롯된 각별한 경험들을 다 잊을 자신도 없다. 나를 줄곧 바라보던 똘망똘망한 두 눈과 뭐라고 쉴 새 없이 옹알거리던 입술, 내 어느 곳이든 붙잡고 또 붙잡던 작은 두 손. 그것들이 주던 느낌을 지금도 생생하게 떠올릴 수 있다. 아이가 내 품에 꼭 안겼을 때의 따뜻한 촉감 또한 다른 무엇에게서도 다시 느낄 수는 없을 것이다.

이 특별하다고 말할 수밖에 없는 기억들과 그리움이 나중에는 얼마나 흐려질까. 과연 흐려지기는 할까. 그것은 여전히 잘 모르겠다. 나의 친구 현 역시 절대적인 존재를 하루아침에 상실하고 자신만이 감내해야 했던 그리움과 후회 또 어떤 것들을 안고 살아왔기에 내게 그런 말을 해준 것일 테다. 그도 이제 다시는 예전으로 돌아갈 수 없으니까.

경험이란 것이 모두에게 같을 수는 없지만 먼저 겪고 견뎌온 이의 조언 덕에 나는 앞으로도 소중히 여겨야 할 추억과 섣불리 포기하지 않아야 할 존재의 의미에 대해 다시 생각해볼 수 있었다. 어떤 길을 선택하든 너무 많은 후회가 남지 않도록 고민을 이어가야만 한다.

후회하지 않을 수 있을까

은	아는 동생. 회사에 다니다가 현재는 휴직하고 있다. 배우자, 아들, 딸과 함께 산다.

사람을 종종 동물의 행동 양식에 빗대어 개과와 고양이과로 나누기도 하는데 그 기준에서 보면 나는 개과에 속했던 것 같다. 요새는 고양이면서도 사람 곁에 있기를 즐기면 '개냥이'라고 부른다고도 하지만. 여하튼 혼자 있는 것보다는 누군가와 같이 있는 것을 좋아했다. 가족같이 아주 가까운 사람과는 기대어 있든 손을 잡든 어디에라도 살을 붙이고 있으면 좋았다.

그런데 그렇게 사람을 좋아하고 따르던 나도 감당하기 힘든 시간이 찾아오자 혼자 있고 싶어졌다. 누군가와 같이 있으면 그들이 나의 상태를 계속 신경 쓰게 되니 너무 미안했고 그런 식으로 내 신경이 그들에게 가는 것도 버거웠다. 심지어 가족들에게도 그랬다. 하지만 그런 혼란스러운 시기에도 심리적으로뿐만 아니라 물리적으로도 가깝게 지냈던 사람들이 있다.

그들은 나의 고등학교 동창인 친구 둘, 그리고 그 친구 중 하나의 대학 동기이자 동생들 두 명이다. 어찌 보면 친구 한 명을 중심으로 나머지 네 명이 모인 셈이다. 관계가 오래되다 보면 친구의 친구, 그 친구의 아는 동생, 이런 식으로 연결되기 쉽지 않은가. 그렇게 20대 초중반에 어쩌다 모인 우리는 이후 자주 만나게 되었다. 그걸로도 모자라 단체 메신저 방까지 만들어 거의 매일 틈만 나면 요즘 사는 이야기에서부터 별것 아닌 것들, 또 조금은 심각한 고민들까지 자유롭게 이야기를 나눴다.

그러다 보니 그 친구들은 나의 졸업, 취업, 연애, 결혼, 출산, 육아, 그리고 아이와의 이별까지 10여 년 동안의 인생사를 매우 잘 안다. 어쩌면 우리 아이가 피를 나눈 가족보다 더 많이 본 사람들이 바로 그들과 그들의 가족일 것이다. 일이 일어나기 불과 일주일 전에도 우리는 한자리에 모여 우리 중 막내인 은의 아들 백일을 축하했다. 함께 모인 아가들은 모두 캐릭터 토토로가 그려진 분홍색 옷을 맞춰 입고 귀엽게 단체 사진도 찍었다. 그런데 그것이 우리 아이가 그들과 찍은 마지막 사진이 되어버렸다.

그러니 그 친구들에게는 내 아이가 갑자기 떠나버린 것을 알린 후에도 그전까지의 나와 현재의 내가 어떻게 달라졌는지 굳이 설명을 할 필요가 없었다. 한동안 누구를 만날 수도 없었지만 혹여나 만나게 되어도 입을 떼기조차 힘들었는데, 그 절망의 시간에 나에 대한 아무런 설명이 필요 없는 이들이 존재한다는 것은 정말 다행인 일이었다. 집에서 혼자를 자처했던 그 시간에도 그들은 스마트폰 속 메신저 안에서 여전하게 떠들어주었다. 이따금 직접 만나 어디라도 함께 다녀오면 숨통이 좀 트이는 기분이었다.

그러던 어느 날 은이 배우자의 회사 발령 때문에 타국으로 떠나게 되었다. 내 가까운 이들이 이렇게 많이 외국으로 떠나게 될 줄은 몰랐다. 그것도 모두 배우자 때문에 말이다. 그는 이런 갑작스러운 상황을 받아들이기가 쉽지 않은 모양이었다. 첫째를 낳고 1년간 육아 휴직 기간을 가지다 다시 다니던 회사로 돌아가 육아와 일을 병행하던 중이었다. 비록 복직 초반에는 회사 생활에 다시 적응하느라 힘들었고 공백기가 승진에도 영향을 미치는 등 쉽지 않았지만 그는 누구보다 자기 일에 대한 애정이 컸다. 옆에서 지켜보는 우리도 대견하다고 느낄 정도로 감당하기 힘들어 보이는 어려움까지 긍정적으로 받아들였다. 그랬던 그가 어느 날 갑자기 모든 것들을 두고 외국으로 떠나야 했던 것이다. 자신의 의지와는 상관없이 말이다.

거기에다 아예 계획이 없지는 않았지만 갑자기 배 속에 둘째까지 생겼다. 모든 것들은 더 불투명해졌다. 다시 육아 휴직을 쓰다 회사로 돌아간다고 해도 새롭게 생긴 공백기로 앞으로의 상황이 어떻게 될지 알 수 없었다. 무엇보다 그런 일에 관한 고민들을 일단 다 뒤로 미뤄두더라도 당장 아는 사람 하나 없는 외국에서 아이를 낳고, 아직 말도 다 트이지 않은 첫째와 갓 태어난 둘째를 홀로 키워야 하는 것이 문제였다. 그렇다고 배우자만 타국으로 보내는 것도 쉽지 않은 일이었다. 그러면 가족들끼리 떨어져서 한참을 지내야 하니까.

결국 은이 한국을 떠나기 이틀 전, 나는 아쉬운 마음에 만남을 청했다. 이제 그를 다시 보기 위해서는 열 시간 넘게 비행기를 타고 직접 가든지 아니면 그가 한국으로 돌아올 날을 한참 기다려야만 했다. 마침 은도 떠나기 전에 밖에서 처리해야 할 일들이 남아 있다고 해서 시간과 장소를 맞췄다.

우리는 매콤한 순두부찌개와 떡갈비를 메인으로 한식 밥상을 차려주는 식당에서 함께 맛있게 점심을 먹었다. 그러면서 그의 현재와 앞날에 대한 이야기를 나눴다. 은은 자신의 가족만큼이나 자기 자신과 자신의 경력 또한 중요하게 여기고 있었다. 그런데 뜻하지 않게 하던 일은 놓게 되었고 어떤 일을 새로 시작하기도 어렵게 되었다. 당장은 타지 생활에 적응하면서 아이 둘을 키우는 데에만 전념할 확률이 높아졌는데 이래저래 이전과는 너무 급격히 달라질 생활에 잘 적응할 수 있을지 걱정인 모양이었다.

은의 이야기를 들으며 그를 찬찬히 보고 있자니 하고 싶은 것이 많아 이것저것 배우고 또 열심히 일하던 그의 결혼 전 모습들이 떠올랐다. 어느새 그도 두 아이를 가진 엄마가 되었구나 싶어 새삼스러웠다. 한편으로는 왜 결혼과 임신, 육아는 한 사람의 인생을 이토록 순식간에 뒤바꾸고 예측 불가능한 것으로 만드는 것일까 의문이 들었다.

나도 아이와 함께이던 시절 이런 점이 가장 힘들었다. 분명 내가 살아가는 나의 인생인데 아이가 태어난 후 한 치 앞도 예상할 수 없었다. 아직 오지 않은 조금 먼 미래는 그렇다 쳐도 당장 오늘 아침부터 저녁까지의 하루도 그려볼 수가 없었다. 아이가 자고 깨고 무엇을 하고 그날 컨디션이 어떤지에 따라 나의 모든 것들이 결정되었다. 오늘 밤에는 도대체 언제쯤 잠들 수 있을지 아침부터 걱정하게 되었다. 이렇게 한순간에 내 의지와는 상관없이 살게 될 줄도 모르고 그동안 왜 그렇게 하루하루 애를 쓰며 살았나 싶어 허무했다. 분명 여전히 나의 삶인데 정작 그 안에서 나는 조금씩 사라져 가는 듯했다.

하지만 고민하는 은에게는 막상 가면 잘할 수 있을 거라고 응원했다. 그는 지금까지도 자신의 일과 육아 두 가지 다 해내왔으니 결국에는 달라진 상황도 나름대로 받아들이고 적응하며 살아갈 수 있을 것 같았다. 안쓰러움이야 없지는 않았다. 그가 배우자와 아이 때문에 자기 삶의 어떤 부분은 포기하는 것처럼 보이기도 했으니까.

그래서 나도 은에게 자연스럽게 그 질문을 하게 되었다. 은 역시도 그날 이후 나에게 아이에 대한 이야기를 단 한 번도 묻지 않았지만 그의 생각이 궁금해졌다.

"근데 있잖아, 그냥…… 부담 가지지 말고 네 생각에는 말야……. 내가 다시 아이를 낳는 게 좋을까?"

실은 나는 그가 좀 신중하라는 쪽의 대답을 할 거라 예상했던 것 같다. 조금 전까지 아이로 인해 생긴 어쩔 수 없는 상황에 대한 어려움과 혼란에 대해 이야기했으니까.

"언니. 사실 다른 언니들이랑은 언제 한번 이 얘기 했었어."

뜻밖의 사실에 나는 조금 놀랐다. 하지만 곧 그럴 수 있겠다 싶었다. 모두들 내가 많이 걱정되었을 테니까.

"나는 그래도 언니가 또 해보는 게 맞다고 생각해. 혹시 아이가 안 생기면 시술이라도 해서 말이야."

그의 대답은 내 지레짐작과는 전혀 달랐다. 심지어 그간 누가 나에게 말한 것들 중에서도 가장 강한 편이었다. 새로운 손주를 손꼽아 기다리고 있다는 나의 엄마도, 그럴 리는 없겠지만 혹시나 아이가 다시 생기지 않는다면 그 이상 무언가를 더 하지는 말라고 했다. 그럼 내가 너무 힘들어질 수도 있다고 말이다. 그러니 시술까지도 각오하면서 꼭 다시 아이를 낳으라는 은의 말은 뜻밖이었다.

"진짜? 애 낳고 키우는 게 이렇게 어려운데? 방금까지 너 그 얘기 했잖아."

이런 나의 말에 은은 두 눈까지 똥그래져서는 이렇게 대답했다.

"이건 아이를 낳으면 어쩔 수 없는 일인 거잖아. 그런데 만약에 혹시 안 낳았다가 나중에 너무 후회하면 어떡해?"

하긴 나도 그랬다. 여러 가지가 마냥 두려워 아이를 가질지 말지부터 고민이 되었으면서도 많은 이들이 결혼 후 다음 차례라고 여기는 것을 혼자 하지 않았을 때 오는 불편함이나 스스로 하게 될지도 모를 후회를 편히 받아들일 자신도 없었다. 배우자인 유군도 마찬가지였다. 그래서 함께 머리를 맞대고 한참 고민하다 결국에는 '모르겠다, 아직 생기지도 않았는데, 그냥 생기면 하나만 낳자. 아님 말자' 그런 식으로 결론을 내렸다.

은의 대답은 내가 한동안 잊고 있었던 그때 그 맨 처음의 고민을 다시 상기시켰다. 앞으로도 쭉 아이 없는 삶을 감당할 수 있을까? 그런 삶을 살아도 후회하지 않을 자신이 있나? 생물학적으로 임신이 불가능해질 때까지는 계속될, 가족이나 나를 걱정하는 주변 사람의 말들을 그냥 듣고 넘길 수 있을까?

"그래서 언니, 진짜 후회 안 할 자신 있어?"

나는 그저 생각나는 대로 답했다.

"그러게. 근데 또 이제는 너무 많이 알아버렸어. 각오를 단단히 하고 시작해도 힘들 거라는 거. 그래서 처음부터 다시 할 수 있을지 잘 모르겠어. 그새 다른 하고 싶은 일들도 생겼고."

은은 다시 물었다.

"하고 싶은 일이 있으면 해. 대신 좀 도움을 받으면 되잖아. 일단 애 다시 낳으면 언니 엄마가 키워주겠다고 했다면서?"

그것은 사실이었다. 엄마는 심지어 "그럼 그냥 낳아서 우리 줘. 그리고 넌 나가"라고까지 했었다. 그게 도대체 어떤 마음인지는 짐작할 수도 없지만.

"그러게. 근데 것도 썩 내키지가 않아. 마음이 전보다 훨씬 더 불편할 것 같아. 일단 육아가 육체적으로도 얼마나 힘든 일이냐. 엄마 나이도 있으시고. 그리고 그렇게 누가 도와준다고 해도 낳으면 어쨌든 엄마인 내 몫이 가장 크겠지."

이야기를 나누다 보니 나도 모르게 계속 아이를 낳지 않는 쪽을 변호하는 듯한 말을 했다. 그러니 처음에는 단호했던 은도 조금씩 헷갈리기 시작한 모양이었다.

"난 혹시 언니가 후회할까 봐 그러지. 나중에 마음이 바뀌었다고 다시 할 수 있는 것도 아니니까."

그리고 이렇게 말했다.

"언니, 그럼 일단 언니가 지금 진짜 원하는 게 뭔지를 잘 생각해봐. 그리고 그걸 해."

내가 진짜 원하는 것이라니. 나는 애초에 그것부터 제대로 고민하고 시작했어야 했다. 다른 사람들도 그렇게 사니까 나도 당연히 그래야겠지, 그래야만 되겠지가 아니고 말이다. 시작이야 어쨌든 내가 여전히 은처럼 아이를 계속 키우고 있었다면 포기를 하든 포기가 되든 한계에 닥치면 받아들이고 헤쳐나가는 삶을 살았겠지만, 나는 이미 많은 것들을 겪고 알아버렸다. 그 무거운 책임감의 여정에 대해서. 끝나는 순간까지 끝은 없는 그런 관계에 대해서. 또 이렇게 끝이 나도 평생 잊힐 리 없는 영원한 연결에 대해서. 그때의 나는 이런 것들을 몰랐으니 그렇게 아무것도 모르면서도 적당히 시작할 수 있었다.

상담을 받았던 정신과 의사 선생님도 언젠가 이런 말씀을 하셨다. 그러니 지금부터는, 그럼에도 불구하고 아이를 낳고 키우는 것이 앞으로의 나의 삶에 어떤 의미가 될 수 있는지 찾아야만 한다고. 그것이 내가 진정 원하는 것인지도 말이다. 그래야만 나는 다시 해볼 수 있다고 했다.

이후 우리는 더 길게 이야기를 나누었지만 결론은 내리지 못했다. 그럴 수밖에 없었던 우리의 대화 끝에 은은 이런 말을 했다. 나는 이 말을 듣고 끝내는 웃음을 터뜨릴 수밖에 없었다.

"언니! 그럼 일단 더 고민하면서 기다려봐. 내가 가서 둘째 낳고 애들 키우다 보면 너무 힘들어서 바로 다시 얘기할 수도 있어. 그냥 애 낳지 말라고."

그 말을 남긴 채 한국을 떠난 은은 곧 예쁜 딸을 무사히 출산했다. 아이를 낳고 몸조리할 시간조차 없어 아파도 그냥 참는다는 말을 하기도 했지만, 그는 아직까지 나에게 아이를 낳지 말라는 말은 하지 않았다.

지금 너의 모습이
정말 좋아 보여

다정	중학교와 고등학교를 같이 다닌 어릴 적 동네 친구.
	전업주부이며, 배우자, 아들, 딸과 함께 살고 있다.
강 언니	대학교 1년 선배. 배우자, 딸과 함께 살고 있다.
	어린이책을 쓰는 작가.

아이가 떠나고 주변 이들 모두가 앞의 두 사람처럼 나에게 어떤 말도 하지 않았던 것은 아니다. 처음부터 거침없이 아이에 대한 이야기를 꺼내는 사람들도 있었다. 양가 어머니들은 곧바로 둘째를 가질 것을 종용하셨다. 나와 아주 가까운 사람들 중 몇 명도 그랬다. 그중 한 사람이 바로 중고등학교 동창이자 오랫동안 같은 동네에 살았던 다정이다.

　다정은 앞선 그 단체 메신저 방 속 다섯을 한데 모은 장본인이다. 그는 일종의 대장 같은 사람이기도 하다. 중간에서 모두를 잘 살피고 챙겨서 우리가 계속 연결될 수 있게 했다. 그래서인지 다정이 가끔 나에게 엄마처럼 굴어도 불편하지 않았다. 그저 나를 위해 하는 말이 겠거니 생각할 수 있었다.

그 일이 일어난 후에도 그는 마치 자신의 일처럼 마음 아파하고 슬퍼하면서도 나에게 곧장 이렇게 말했다.

"또 낳아야지 어쩌겠어. 그들이랑 계속 살려면."

생각해보면 이 말에서는 '어쩌겠어'가 포인트였다. 아이는 떠났지만 내가 여전히 유군의 배우자이자 시부모님의 며느리이자 또 우리 부모님의 딸인 것은 변함이 없었으니까. 내가 맨 처음 아이를 가지고 낳았던 것도 그들과 함께이기 때문이기도 했다. 그들의 삶과 삶에 대한 태도가 나에게 전혀 영향을 주지 않았다고 말할 수는 없다. 그리고 다정도 나와 같은 삶을 살고 있었다. 가족들과 되도록 좋게 좋게 지내려고 하는 그런 삶 말이다.

분명 그렇게 말했던 다정이었다. 그러다 시간이 더 지나고 여느 때처럼 만난 날이었다. 함께 커피를 마시면서 이 얘기 저 얘기를 오가다 나는 그에게 요즘 사람을 만나면 아이를 다시 낳을지 말지에 대해 물어본다는 말을 꺼냈다.

"은이가 너희들한테 먼저 얘기했다며? 안 되면 시술이라도 해야 한다고. 좀 의외였어."

그때까지만 해도 다정에게는 그 질문을 할 생각이 전혀 없었다. 그는 이미 한참 전에 나에게 아이를 낳아야 한다고 했으니까. 그저 언젠가 은과 아이에 대한 얘기를 나눴다는 사실을 전하고 싶었다.

그런데 다정이 갑자기 이렇게 외쳤다.

"야, 그냥 낳지 마."

"뭐라고?"

그는 다시 또박또박 이렇게 말했다.

"그냥 낳지 말라고."

나는 순간 진심으로 놀랐다. 그가 나에게 이런 말을 할 리가 없었다. 당연히 은의 말을 거들 줄로만 알았다.

"너는 처음부터 다시 낳으라고 했잖아."

급하게 되묻는 나에게 그는 사뭇 진지해진 얼굴로 말했다.

"생각이 바뀌었어."

"뭐라고?"

잠시 말을 멈춘 다정은 커피를 한 모금 마셨다. 그리고 말을 계속 이어갔다.

"다 떠나서 요새 너 사는 거 어때?"

"갑자기 그게 무슨 말이야?"

당황한 나와는 달리 다정은 덤덤한 표정이었다.

"너 요새 아주 좋아 보인다고."

사실은, 비슷한 말을 전에도 들은 적 있었다. 아이가 떠나가고 1년쯤 지나자 나에게 부럽다고 말하는 이들이 생겼다. 처음에는 그 말을 듣고 아이를 먼저 보낸 내가 뭐가 부럽다는 건가 싶었지만 곧 깨달았다. 자기와 아주 가까운 사람, 심지어 가족이 겪은 일이라도 자신의 일이 아니면 사람들은 금방 잊는다는 것을. 전후 상황이나 맥락을 보지 않으면 현재의 나는 이제 다시 마음만 먹으면 무엇이든 할 수 있는 사람이 된 것이다. 비록 이런 자유가 무척이나 비극적인 이유로, 또 내가 원하지도 않았지만 갑작스럽게 되돌아왔다고 해도 어쨌든 난 전보다 자유로워졌다.

내가 엄마였을 때도 그랬다. 자고 싶을 때 자고 먹고 싶을 때 먹고 하고 싶을 때 원하는 일을 하는 그런 삶이 너무나도 부럽고 그리웠다. 그때는 다시는 그런 날이 돌아오지 않을 것만 같아서 순간순간 숨이 턱턱 막히고는 했다. 끝이 없을 것 같은 막막함이었다. 그때의 나는 그렇게도 건방졌다. 삶이란 것을 감히 그렇게 쉽게 단정했다. 하루아침에 이렇게 상황이 달라질 줄도 모르고 말이다. 훨씬 더 끝이 보이지 않는 괴로움에 빠질 수 있다는 걸 상상도 못 했다.

변한 것은 자유로워진 생활뿐만이 아니었다. 겉으로 보이는, 그러니까 외모에도 변화가 생겼다. 좋아 보인다는 말은 그것도 포함했다. 아이를 키울 때는 아이가 잠들면 밀린 집안일을 한 후 거의 매일 밤 혼자 맥주 몇 캔씩을 마시고는 했다. 그렇게라도 하지 않으면 단시간에 스트레스를 풀 길이 없었다. 그런데 아이가 떠나고 1년 후 정신을 좀 차리자 술마저도 부질없게 느껴졌다. 취한 기분도 끔찍했다. 소중했던 순간들을 그때 그렇게 허비해버린 것만 같아 후회가 밀려왔다. 자연스럽게 술과는 멀어졌고 그 대신 자꾸 가라앉는 정신을 다잡기 위해 매일 운동을 했더니 출산 후 절대 빠지지 않았던 6킬로그램의 몸무게가 단숨에 빠져버렸다. 그러자 갑자기 사람들이 어려졌다거나 예뻐졌다는 말을 자주 했다. 그런 말을 들어도 다른 생각은 들지 않았다. 귀에 잘 들어올 리도 없었다. 그저 계속 살기 위해 아등바등했더니 자연스레 그렇게 되었을 뿐이었다.

유군도 마찬가지였다. 그 역시 아이를 키울 때는 피곤에 절어 힘들어 보였다. 회사원에 시인에 거기에 아빠까지 하루에 몇 가지 역할을 해내야 했으니 어쩔 도리가 없었다. 그런데 그날 이후 마음은 지옥이 되었을지 몰라도 신기하게 외모는 조금씩 젊음을 되찾았다. 그렇게 변하는 그를 옆에서 지켜보면서 새삼스럽게 깨달을 수 있었다. 우리가 했던 육아라는 것이 정신적으로도 육체적으로도 힘이 많이 들어가는 일이었다는 것을. 오직 한 아이를 위해 각자의 젊음과 욕망을 버려가며 하루하루 살았다는 것을. 의도하지 않았지만 부모로서의 삶이 끝나자 우리는 다시 과거로 돌아온 것이었다. 타들어가는 속과는 달리 겉으로는 뭔가 빠르게 되돌아간 것처럼 보였다.

다정은 이런 이야기도 했다.

"야, 너 잘 생각해봐. 요새는 100세 시대잖아. 인생 길 수 있다. 이게 어쩌면 네 인생을 바꿀 수 있는 마지막 기회일지도 몰라. 알잖아. 애 생기면 당장 못 하는 것부터 많아지는 거."

나는 그 말에 바로 수긍하고 말았다.

"알지. 처음이었으니 뭘 모르고 했지. 이제 다 알고 있는데 처음부터 다시 할 수 있을지 잘 모르겠어."

다정은 힘주어 말했다.

"자식 걱정도 끝이 없잖아. 우리 엄마들 봐. 아직도 그러고 있어."

최근 다정의 어머니는 다정의 조카를 갓 태어났을 때부터 맡아서 키우고 계신다. 평일엔 회사에 다니는 다정의 남동생 부부는 주말이 되어야 아이를 데려간다. 낳은 사람 따로 키우는 사람 따로인 셈이다. 당신 자식들을 어느 정도 다 키워놓았는데도 다시 그 자식의 자식을 키우고 있는 것이다.

우리 엄마도 마찬가지다. 자식들이 모두 서른이 넘었는데도 늘 뭐가 마땅치 않고 걱정이 많다. 오빠는 신체의 장애를 가지고 있어 어쩔 수 없다고 쳐도 자랄 대로 자란 막냇동생도 여전히 어린아이 대하듯 하신다. 동생의 얼굴만 봐도 걱정부터 늘어놓는다. 옆에서 보고 있으면 나까지 답답해질 정도다. 계속 저런 식이면 누구보다 엄마 본인이 가장 힘들 것 같다는 생각이 절로 든다. 역시 자식 키우기는 끝이 없는 것인가 싶다.

굳이 우리의 엄마들까지 가지 않고 당장 내 친구 다정의 삶만 들여다봐도 육아는 미션과 해결의 연속이라는 것을 알 수 있다. 그는 우리들 중 1등으로 결혼을 하고 1등으로 아이도 낳았다. 그 아이가 스스로 걷고 말하고 드디어 좀 사람 같아 보일 때까지 자기 자신이 없는 몇 년의 시간을 보냈다. 그래서 지금 너무 힘들다고, 너무 괴롭다고 메신저로든 만나서든 말할 기회만 있으면 외치던 그였다.

그랬던 다정이 어느 날 갑자기 우리에게 둘째를 낳겠

다고 선언했다. 그 말을 들은 우리는 모두 깜짝 놀랐다. 아이 키우는 것이 힘들다고 몇 년을 이야기해놓고는 한 명 더 낳겠다니. 하지만 나도 겪어보니 그것이 그렇게 갑작스럽기만 한 이야기가 아니었다. 우리나라에서는 아직도 많은 경우 누군가 결혼을 하면 옆에서 바로 아이 이야기를 꺼낸다. 그리고 하나를 낳으면 곧장 둘째 이야기를 한다. 어찌 보면 참 놀랍고 신기한 일이다. 마치 한국인이라면 당연히 그래야 하는 것처럼 자연스럽게 다음 단계들이 기다리고 있다. 당시 스텝 1조차도 밟지 못했던 우리들이야 그의 선언이 갑작스러웠을지는 몰라도 다정에게는 나름의 고민이 있을 수밖에 없었을 것이다.

하지만 이 또한 당연한 수순인 듯 그는 둘째가 세상에 나오자마자 처음보다 더 힘들어했다. '그냥 하나만 낳고 끝낼걸' '하나를 키울 때랑 둘을 키울 때는 너무나 다르다' '힘든 게 두 배가 아니라 열 배다' '첫째에게도 둘째에게도 모두에게 잘하지 못하는 것 같다'고 한탄했다. 더욱 놀라운 것은 갈팡질팡하는 다정의 모습을 계속 안타깝게 지켜보았으면서도 시간이 지나자 우리 중 절반이 큰 고민 없이 결혼이라는 스텝 1을 밟고 또 아이를 낳고 키우는 스텝 2마저 밟았다는 것이다. 그러고 나니 비로소 우리는 그가 그동안 먼저 겪었던 상황들을 조금씩 이해할 수 있었다.

이제 다정의 첫째는 초등학생, 둘째는 유치원에 갈 나이가 되었다. 여전히 그의 엄마로서의 삶은 계속되고 있다. 소위 말하는 '초등맘'으로 산다는 것은 전과는 또 다른 세계의 일이었고, 아직도 어린 둘째가 속 썩이는 일들도 끊임없이 생겼다. 그의 삶을 옆에서 지켜보자니 아이가 어느 정도 커서 이제 숨 좀 돌리나 싶어도 그것은 그저 그 단계의 끝이었을 뿐 육아 전체가 끝나는 것은 아니었다. 바로 또 다음 스텝이 기다리고 있었다. 나같이 극단적인 경우를 제외하면 엄마로서의 삶은 한번 시작되면 사실상 끝이 없는 것이었다. 회사처럼 다니다가 사표를 낼 수 있는 것도 아니고 일단 엄마가 되고 나면 아무리 부인해도 소용이 없었다. 그러니 처음에는 나에게 빨리 아이를 다시 낳으라고 주저 없이 말했던 다정도 가만히 생각하니 '근데 쟤가 자진해서 다시 돌아올 필요가 있을까?' 하는 생각이 든 모양이었다. 어쨌든 지금으로도 충분히 좋아 보이기도 하니까 말이다.

　다정 말고도 비슷한 맥락의 이야기를 한 사람이 또 있었다. 선배들 중 오랜 시간 믿고 따르는 강 언니가 그랬다. 언니는 내 상황을 알게 된 날을 빼고는 이후 일절 아이에 대해 언급하지 않았다. 다정보다 더 일찍 결혼한 강 언니에게는 이제 중학생이 된 딸이 하나 있는데 심지어 그 아이에 대한 이야기도 거의 하지 않았다. 도리어 내가 궁금해서 안부를 물어보면 그제야 잠깐 이야기하고 마는 식이었다. 아마도 나를 배려해서 더 그랬던 것 같다.

　하지만 그런 언니에게도 나는 예외 없이 또 묻고 말았다.

　"언니, 언니는 내가 다시 아이를 낳는 게 좋을 것 같아요?"

　언니에게 나의 앞으로에 대해 조언을 구하는 것 자체

가 처음이었다. 우리는 그저 만나면 각자 어떻게 살고 있는지 나누고 서로 응원을 주고받는 사이였다. 그래서인지 언니는 처음에 많이 당황한 것 같았다.

"어…… 글쎄……."

대답에 부담을 느끼는 듯해 말을 덧붙였다.

"그냥 편하게요, 그냥. 그럼 만약에 언니가 저라면 어떻게 하실 것 같아요?"

스무 살 때 한 학번 선배로 처음 만난 언니는 대학 시절 학업에도 학과 일에도 적극적이고 꿈이 많은 사람이었다. 지금도 그런 모습은 변하지 않았다. 언니는 대학을 졸업하고 유학을 가기로 했는데 모든 절차를 다 마친 이후 갑자기 지금의 형부가 프러포즈를 해 결국 유학을 포기하고 결혼을 선택했다. 자신의 계획을 과감히 접고 이룬 가족이라니. 그때 나에게 언니네 가족은 뭔가 더 극적인 느낌으로 다가왔다.

아주 자그마한 아기였던 언니의 딸은 훌쩍 자라 벌써 중학생이 되었다. 이제 두 사람은 친구처럼 지낸다. 또 언니는 현재 작가로서 자신의 일들도 훌륭하게 해내고 있다. 나와는 달리 많은 것들을 이루고 지켜내 풍성해 보이는 삶이 정말 좋아 보여 많이 부러워하기도 했다.

그런데 그런 언니가 나의 질문에는 의외로 이렇게 대답했다.

"음…… . 만약에 내가 너라면, 난 굳이 다시 낳지는 않을 것 같아."

"다시 안 낳는다고요?"

"응."

예상보다 훨씬 단호했다. 그래서 언니가 처음에 대답을 주저했던 것일까 싶었다.

"물론 나는 지금 우리 아이를 정말 많이 사랑하지. 하지만 나라는 사람이 워낙 걱정이 많아서 말야. 내 걱정하기도 바쁜데 아이에 대해서는 더 하지. 안 해도 될 걱정까지 해서 버거울 때가 많아. 그래서 만약 내가 너라면 굳이 다시 낳지는 않을 것 같아. 나는 나를 보살피기도 쉽지 않은 사람이니까."

생각해보면 나도 그런 사람이었다. 이제는 걱정해봤

자 일어날 일은 일어나고 일어나지 않을 일은 일어나지 않으니 사서 하는 걱정이 부질없다는 것을 알지만 그래도 사람은 쉽게 변하지 않을 것이다. 나 자신의 삶에 대해서는 그럴 수 있을지 몰라도 내 자식의 미래에 대해서까지 별걱정 없이 살아갈 수 있을지 모르겠다. 더구나 나에게는 아주 큰 트라우마마저 생겨버렸으니 아이가 또다시 생긴다면 그 순간부터 하루하루가 전전긍긍의 나날들이지 않을까.

또 강 언니와 나의 공통점은 자신이 하고 싶은 일에 대해서도 끊임없이 고민한다는 것이다. 언니가 말한 자신에 대한 걱정, 스스로를 보살핀다고 하는 부분이 바로 그렇다. 장래 계획을 포기하고 새로운 가정을 이룬 후 가지고 낳은 딸을 정말 사랑하고 아끼며 최선을 다해 키우고 있지만 언니는 자신의 일에 대한 꿈도 욕심도 완전히 놓지 않았다. 여성으로서 아이를 키우는 것 하나만 하기도 쉽지 않은데 나 자신의 경력 혹은 일까지 포기하지 않으려면 현실적으로 더 많은 고민과 노력이 필요하다.

그래서 결국 언니가 선택한 길은 둘째를 낳지 않는 것이다. 여러 아이를 키우면서도 잘해나가는 사람들이 있지만 본인은 둘째 셋째까지 낳고 그렇게 할 자신은 없다고 했다. 놀랍게도 첫째 아이가 중학생이 되었어도 아직도 주변에서 둘째 이야기를 묻고는 한다는데 그런 말들과는 상관없이 언니의 마음은 확고했다. 형제 없는 외동아이의 성장에 대해 이러쿵저러쿵 말들이 많을 때에도 언니는 그에 동의하지 않았다. 누구보다 자기 자신과 자신의 아이를 믿고 있었다. 다행히 언니의 다른 가족들 역시도 마찬가지 생각이었다.

나는 둘째는커녕 원래 있던 한 명의 자식조차도 잃어버렸다. 그러니 살면서 나보다 우선해야 하는 부분들에 대한 부담이 줄어든 것은 분명하다. 나를 포함한 누구도 이런 상황을 조금도 바란 적은 없었지만.

다정이나 강 언니가 나에게 한 말들은 이렇다. 아이를 낳으면 그 아이를 책임지고 보살피는 데 감히 평생을 희생한다고 해도 과하지 않을 만큼 많은 힘과 노력이 든다. 사랑으로 기꺼이 그렇게 하기도 하지만 때때로 버겁기까지 하다. 물론 그런 일이 절대 일어나서는 안 되고 그럴 리도 없겠지만 만약에 그들도 나처럼 원점으로 돌아간다면 엄마가 되는 것에 대해 다시 고민하거나 달리 생각할지도 모르겠다고.

하지만 그들이 실제 살아가는 삶은 나에게 또 다른 모습들도 보여준다. 엄마인 누군가에게는 당장 매일매일이 자유로운 듯한 내 모습이 좋아 보이듯 나도 그들이 너무 부러울 때가 있다. 까부는 막내아들을 진정시키느라 아이를 꼭 껴안고 온몸을 흔들면서 얼굴에 뽀뽀를 해대는 다정의 모습이라든지, 이제 대화도 척척 통하는 딸과 무엇이든 함께하는 강 언니의 하루하루들은 참 행복해 보인다. 역시 힘이 들 때도 있지만 매번 의식하지는 않아도 그런 순간들에 또 힘을 받아 다시 아이와 함께 계속해서 살아갈 수 있는 것일 테다.

그리하여 나의 질문에 회의적으로 대답한 그들은 마치 둘이 짜기라도 한 듯 다음에 각각 만났을 때 똑같이 말을 바꿨다.

"내가 다시 생각해봤는데 말야. 아무래도 그냥 낳는 편이 더 나을 것 같아."

사람은
언제 죽을지 몰라요

사장님　　책도 읽고 공연도 볼 수 있는 카페의 운영자.
　　　　　　고양이 세 마리와 함께 살고 있다.

첫 책을 내고 나서 북토크라는 것을 처음으로 하게 되었다. 몇 년 만에 세상 밖으로 나오게 된 것이다. 전혀 모르던 분들 앞에서 내 책에 대한 이야기를 하고 어떤 구절은 직접 소리 내어 읽기도 했다. 이전에는 미처 해보지 못한 경험이었다. 그런 행사가 열리는 동네 책방이라는 곳들도 무척이나 신기했다. 내가 이래저래 세상과 단절되어 있던 몇 년간 대형 서점과는 다른 방식으로 책을 파는 곳들이 여기저기에 생겨 있었다.

독립 서점들은 일정한 규모나 하나의 형태만을 따르지 않아 각각 개성이 넘쳤다. 책을 구입하는 것뿐만 아니라 어떤 곳에서는 차를 마실 수도 있었고 또 어떤 곳에서는 술을 마실 수 있었다. 책과 잘 어울리는 문구류나 가방 같은 소품들을 함께 판매하는 곳도 있었다. 들여놓은 책도 제각기 달랐는데 이른바 베스트셀러 중심이 아닌 그곳에서 일하시는 분들의 취향과 재량에 따라 선별된 책이 입고되고 나름의 방식으로 진열되었다.

사는 곳 하나도 관리가 어려워 늘 부담을 느끼는 나에게 이렇게 새로운 개념의 공간을 만들고 꾸려가시는 분들이 신기하고 남다르게 보였다. 이런 특별한 공간을 운영하신다니 과연 어떤 분들일지, 어떤 계기가 있었을지 호기심이 발동했다. 그러던 중 책과 관련된 한 행사를 마치고 드디어 그곳의 사장님과 함께 이야기를 나눌 기회가 생겼다. 그리고 그때 그 대화가 나에게는 아주 특별한 기억으로 남았다.

당일 약속된 시간에 미리 받은 주소로 찾아가보니 생각지도 못했던 모습의 공간이 눈앞에 나타났다. 그사이 가본 곳들과는 사뭇 달랐다. 지하로 향하는 계단으로 내려가자 문 앞에 북토크를 알리는 포스터가 붙어 있었다. 거기에 내 이름과 책 제목이 적혀 있는 것을 보니 기분이 묘했다.

떨리는 마음으로 문을 열고 안으로 들어가자 왼쪽에는 음료를 만드는 바가, 오른쪽에는 가지런히 진열된 책들이 나타났다. 천장에서는 조명들이 따뜻한 빛을 뿜고 있었고 앞쪽으로는 아담한 무대 하나가 보였다. 무대 위에는 두 명 정도 앉을 수 있을 법한 꽤 푹신해 보이는 소파와 작은 원형 탁자 하나가 놓여 있었다. 탁자 위에는 작고 귀여운 꽃들이 꽂힌 꽃병이 있었는데 그 바로 옆에 놓인 투명 거치대에 내 책이 올려져 있었다. 무대 앞으로는 서로 다른 모양의 탁자와 의자 들이 줄지어 있었고 이 모든 것들의 주위를 둘러싼 벽 곳곳에는 독특한 문양의 벽화들이 각양각색으로 그려져 있었다. 낮에는 커피 같은 음료를 파는 카페지만 밤에는 술도 팔아 펍으로 변한다고도 했다.

그렇게 개성 있게 꾸며진 공간 안에 정성스럽게 준비해두신 자리에 앉아 마이크를 들고 이야기를 하는 것은 매번 신기하고 감사한 경험이었다. 그날도 여러 사람들의 도움을 받아 행사를 무사히 마치고 집으로 돌아갈 준비를 하는데 갑자기 사장님께서 자신이 마시려고 사다놓은 와인이 하나 있으니 함께 마시지 않겠냐고 물으셨다. 나는 감사한 마음으로 제안에 응했다. 이런 독특하고 예쁜 공간을 운영하는 분과 좀 더 이야기를 나누고 싶었다.

사장님께서는 행사를 준비하며 미리 내 책을 읽는 중에도, 또 행사를 진행하면서도 자신의 예전 시어머니를 떠올렸다고 했다. 아들을 먼저 보내고 얼마나 마음이 아프셨을까 싶었다고. 예고도 없이 들어온 말이었지만 나는 곧 그 의미를 깨달았다.

'이분은 아마도 배우자를 먼저 보내셨나 보다.'

그 예상은 맞았다.

"저는 아이를 낳아본 적은 없어서 잘 모르겠지만 하나뿐인 아들을 잃은 어머님의 심정이 어떠셨을까 싶었어요."

그동안의 경험과 생각 들을 최대한 솔직하게 첫 책에 담아낸 후 내 삶에 찾아온 가장 큰 변화는 바로 이것이었다. 원래 알고 있던 사람이든 새롭게 만난 사람이든 이제 내 앞에서는 자신의 마음 아픈 사연들을 거리낌 없이 내놓는다. 아마도 '너라면 이해할 수 있겠지'라고 생각하기 때문인 것 같다. 그것이 싫지는 않았다. 나는 이미 이런 상황에 놓였고 더 이상 그 사실은 부인할 수 없으니 다른 사람들이라도 편하게 이야기할 수 있다면 그건 나쁜 일이 아니었다.

자연스럽게 이야기를 이어가시는 사장님 덕분에 나 또한 조금은 편한 마음으로 이것저것 물을 수 있었다.

"그럼 여기는 어떻게 만드실 생각을 하셨어요? 공간이 참 예뻐요. 정성도 많이 들이신 것 같고요."

"유아교육과를 졸업하고 10년 넘게 어린이집에서 교사 생활을 했었어요. 그때는 앞만 보고 달렸고 쉽지 않은 날들도 많았죠. 그러다 어느 날 남편이 '힘들면 우리 제주도같이 예쁜 곳 가서 카페 하면서 살까?'라고 말한 적이 있어요. 그때는 그게 말도 안 되는 소리라고 생각했는데 남편이 없는 지금 제가 그걸 하고 있네요. 물론 지금 만나는 남자친구도 많은 도움이 되었고요."

사장님의 남자친구는 DJ라고 했다. 그래서 그분께 영향도 도움도 받아 카페에 무대도 만들고 문학뿐만 아니라 음악 관련 행사도 꾸준히 열고 있다고 했다.

"그리고 저는, 이렇게 제가 다시 사랑을 할 수 있을 줄 전혀 몰랐어요. 심지어 음악을 하는 사람과는 더더욱요."

나도 마찬가지였다. 내가 누구든 예상할 수 있는 그런 삶을 쭉 살 줄 알았다. 회사를 다닐 때나 고등학교 기간제 교사일 때도 언젠가 내 이름을 단 책 한 권은 낼 수 있지 않을까 그런 생각을 막연히 하긴 했었지만 이런 식으로 또 하필 이런 순간에 실제로 이루어질 줄은 전혀 알지 못했다. 더구나 전업 작가가 될 줄이야.

우리의 술자리는 편안하게 계속 이어졌다. 짧은 시간이었지만 사장님과 속 깊은 이야기까지 나누게 되자 나는 또 그 질문을 떠올렸다. 나에 대해 책으로 먼저 알게 된 분에게 물은 것은 그때가 처음이었다.

"앞날은 정말 모르는 거더라고요. 저도 이렇게 될 줄은……. 그래서 또 고민이 많이 되네요."

이 말을 들은 사장님은 들고 있던 와인 잔을 테이블 위에 올려놓았다. 그리고 내 눈을 가만히 쳐다보며 물었다.

"무슨 고민요?"

나도 들고 있던 잔을 손에서 내려놓았다.

"제가 앞으로 또 아이를 낳아야 할지 잘 모르겠어요. 어느 쪽으로든 마음먹기가 참 쉽지 않네요. 그냥 다 포기해버리자니 걸리는 사람들도 많고요."

"왜요? 누가 걸려요?"

"양가 부모님들도 계속 기다리고 계시고요. 아무래도 같이 사는 배우자가 마음에 제일 걸려요."

사장님은 나의 이 말에 전혀 주저하지 않고 답했다.

"나는요, 작가님이 다른 사람들은 신경 쓰지 않았으면 좋겠어요."

거기에 무슨 말을 더해야 할지 몰라 나는 그저 가만히 있었다. 그러자 사장님이 말을 이어갔다.

"나도 작가님도 한번 봐요. 우리는 이제 알잖아요. 사실 죽으면 거기서 다 끝이잖아요. 우리 인생은 생각보다 짧을 수 있어요. 이렇게까지 되었는데도 다른 사람들이 보여요? 이제 무엇보다 내가 가장 중요한 것 아니겠어요?"

"그럴까요?"

"그럼요. 내일 당장 어떻게 될지 모르는걸요. 그러니 일단 작가님만 생각해요."

내 눈에는 그렇게 말하는 사장님이 매우 용기 있는 사람으로 보였다. 그는 나처럼 늘 곁에 있었고 사랑하던 한 존재를 잃었지만 이제 자신이 처한 상황을 있는 그대로 받아들인 것처럼 보였다. 그리고 자기 삶의 방향을 다시 확고하게 잡은 듯했다. 그에 반해 나는 아직도 이리저리 흔들리는 마음을 주체하지 못하고 있었다. 심지어 스스로의 삶에 대해 주변에 물어가며 어쩔 줄 몰라 하고 있었다. 그런 내가 무척 부끄러웠고 동시에 나와는 달리 굳건한 현재의 사장님이 부러웠다.

후에도 사장님과 나눈 말들이 그때 그 공간과 함께 한참 머릿속에 떠다녔다. 그러던 어느 날 나는 인터넷 창에 그 카페의 이름을 넣고 검색을 시작했다. 스크롤을 쭉 내리다 보니 동명의 블로그 하나가 나왔다. 첫 게시물부터 하나하나 찬찬히 들여다보았다.

거기에는 그간의 사장님의 생활과 마음이 고스란히 기록되어 있었다. 사랑하는 이를 잃고 고통을 견디기 위해서 1년간은 하던 일을 멈추지 않고 계속했다는 것, 그런데 이후 그런 생활이 매우 무리였음을 깨닫고 모든 일을 그만두고 무작정 여기저기로 여행을 떠났다는 것, 그 긴 여행을 통해 사장님은 새로운 삶과 꿈을 되찾아 갔다는 사실을 알게 되었다. 역시 내가 그때 본 단호함은 거저 나온 것이 아니었다. 깊은 고민의 시간을 거쳐 다시 선택한 삶의 결과였다.

　　언젠가 이런 생각을 한 적이 있다. 그날 우리 셋 중 누구 하나가 반드시 세상을 떠나는 운명이었다면. 그런데 그것이 우리 아이가 아니라 나 혹은 아빠인 유군 이었다면 어떻게 되었을까. 겪어보지 않고는 전혀 짐작할 수 없겠지만 확실한 건 나와 유군 둘 중 누가 우리 아이와 남았든 간에 남겨진 사람은 또 어떻게든 살아갔을 것이다.

　　누군가 먼저 죽으면 또 어떤 자는 세상에 남는다는

것. 왜 이렇게 된 것인지 도무지 이유를 알 수 없어도 이제는 달라진 삶을 받아들여야 한다는 것. 그렇게 계속 살아가야 한다는 것. 문장 몇 개로 적어놓으니 더더욱 당연한 일처럼 느껴진다. 말처럼 쉬운 일은 세상에 별로 없다는 걸 알면서도.

그렇다면 이제 이곳에 남은 나는 과연 어떻게 살아야 할까. 사장님의 조언처럼 사고나 죽음 같은 것들은 언제 어떻게 찾아올지 모르니 일단 나에게만 오롯이 집중해야 할까? 아이 낳는 문제에 대해서도 내 기준으로만, 내 마음만 중심에 두고 결정하면 될까? 사장님의 그 말이, 또 사장님의 지금의 삶이 나에게 최대한 이기적으로 굴라는 얘기가 아니라는 것쯤은 나도 안다. 그 누구의 것이 아닌 나에게 주어진 나의 삶이니 우선 스스로가 계속 살아갈 수 있는 길을 다시 찾아야 할 것이다.

그럼에도 불구하고 매번의 생각 끝에 마지막까지 남아 있는 한 사람이 있다. 다른 사람들은 어떻게든 신경 쓰지 않는다고 하더라도 끝까지 마음에 걸리는 한 사람. 아이는 내 곁을 떠났지만 여전히 나와 이 세상에 남겨져 함께 살아가고 있는, 바로 나의 배우자인 유군이다.

안정적이었던 그때로
돌아가고 싶어

유군 나의 배우자.
시인이며 출판사에서 책 만드는 일을 하고 있다.

"내가 이렇게 고민하다가 결국 안 낳겠다고 하면 어떻게 할 거야?"

이 질문에 유군은 이렇게 대답했었다.

"어쩌겠어. 낳고 싶지 않다는데 할 수 없지."

나는 유군의 말을 내가 어떤 선택을 하든 받아들이겠다는 뜻으로 이해했다. 그런데 알고 보니 그게 아니었다.

평소와 같이 침대에 나란히 누워 잠을 청하던 밤이었다. 나는 이렇게 말했다.

"나 아무래도 낳지 않는 쪽을 선택할 것 같아."

또 이런 말도 했다.

"그래도 괜찮은 거지?"

그때 유군은 뜻밖의 대답을 했다.

"그럼 나도 다시 생각해봐야지."

"응?"

그 말에 놀라 나는 일어나 앉았다.

"내가 어떤 선택을 하든 받아들이겠다며?"

"내가 언제?"

"그랬잖아. 안 낳고 싶음 할 수 없다고……."

"아니지, 네가 정말 그렇다면 나도 더 생각하고 다시 얘기해봐야지."

갑자기 어딘가를 크게 맞은 기분이었다.

"다시 얘기해야겠다고?"

"그럼. 나도 다시 생각을 해봐야지."

그 순간 내 두 눈에서는 눈물이 왈칵 쏟아지고 말았다. 유군은 그저 자신의 입장을 이야기한 것뿐이었는데 나는 무척이나 억울한 마음이 들었다.

"그럼 처음부터 그렇게 얘기했어야지. 너는 나랑 생각이 다를 수도 있다고. 처음에는 그렇게 말 안 했잖아. 내가 결정하는 대로 다 받아들일 것처럼 그렇게 얘기했잖아."

우리는 한참 이와 같은 내용의 대화를 반복했다. 나는 '그런 줄로만 알았다', 유군은 '그 뜻이 아니었다', 그누구도 물러서지 않고 사실상 같은 말만 주고받다가 결국 유군이 이렇게 말했다.

　"사실 나는 네가 괜찮아질 줄 알았어. 의사 선생님이랑 계속 상담도 하고 고민하다 보면 아이를 다시 낳겠다고 할 줄 알았어."

　그동안 우리는 각자 생각하고 싶은 대로 생각했던 모양이었다.

　그 일이 있고 유군은 일종의 각성을 한 것처럼 보였다. 그동안은 자신의 마음을 스스로도 확실히 몰랐거나 생각을 애써 미루고 있었는데 갑자기 내가 아이를 낳지 않겠다고 하니 정신이 번쩍 든 모양이었다. 전과는 달리 그에게서 뭔가 다급함이 느껴졌다.

　반면 나는 순식간에 난감해졌다. 그제야 우리가 함께 사는 한 이 문제에 대해 온전히 나의 마음대로만 결정할 수 없을지도 모르겠다는 생각이 들었다.

정기 상담 날 이 일을 정신과 의사 선생님께 모두 털
어놓았다.

"저 혼자만 마음먹으면 되는 건 줄 알았어요."

"두 분 중 누가 잘못하고 있는 것은 아니에요. 다만
남편분은 이제 다시 아이로 상처를 치유하고 싶은 것이
고 본인은 그렇지 않은 것이죠. 극복 방식이 다를 뿐이
에요."

유군이 그런 마음이라고 하니 내 마음도 흔들렸다.
하지만 그가 안쓰럽다고 무조건 그의 뜻을 따르는 것도
아닌 것 같았다.

"그럼 저는 이제 어떻게 해야 하나요?"

선생님은 이렇게 대답했다.

"그걸 제가 얘기해줄 수는 없어요. 결국 자신이 길을
찾아야 해요. 하지만 저는 개인적으로 어떤 문제에서
벗어나기 위해 그것을 없애버리는 쪽을 권하지는 않아
요."

그리고 이 말도 덧붙였다.

"지금은 이 상태에서 둘이서만 사는 것도 나쁘지 않

을 수 있어요. 하지만 10년, 20년 후에는 또 다를 수 있다는 것도 한번 생각해봐야죠."

언젠가 나는 이런 생각을 한 적이 있다. 불안함과 외로움. 인간의 마음속에 들어 있는 이 두 가지 감정이 누군가를 사랑하게 하고 결혼하게 하고 또 아이도 낳게 하는 것이 아닐까. 하지만 그렇게 한다고 해서 각자 가지고 있는 불안과 외로움이 완전히 해소되는 것 같지도 않았다. 사랑하는 사람이 있든 없든, 결혼을 했든 안 했든, 아이가 있든 없든 간에 두 감정에서 완벽히 벗어난 사람은 세상에 없어 보였다. 그저 그것들은 영원한 숙제처럼 인간을 끝까지 따라다니는 것은 아닐까 싶었다.

그래서인지 의사 선생님의 그런 조언을 듣고 나서도 당장에 어떻게 해야 할지 알 수는 없었다. 한편으로는 '그래, 둘이서만 쭉 살게 되면 앞으로가 더 힘들 수도 있지. 있던 가족이 없어졌는데 이대로는 지금보다 더 불안하고 더 외로워질 수도 있지'라는 생각이 드는 것도 사실이었다. 하지만 또 한쪽으로는 '지금보다 더 나빠질지도 모른다는 가능성만으로 현재의 나를 설득하는 것이 맞을까? 그런다고 해서 미래의 평안이 완벽히 보장되는 것도 아닌데' 하는 생각이 마음을 흔들었다.

얼마간 시간이 지나 유군에 대한 섭섭함이 많이 가시고 그에 대해 더 이해하고 싶은 마음이 생겼을 때 나는 다시 물어보았다.

"우리 결혼하고 나서 아이 낳는 이야기를 처음 했을 때 말이야. 그때 너도 지금 충분히 좋은데 그냥 둘이 사는 게 낫지 않을까 그랬잖아?"

"그때는 그랬지. 왜냐면 잘 몰랐으니까."

나는 또 물었다.

"근데 우리 애 키울 때 진짜 힘들었잖아. 7개월 때까지 둘 다 거의 잠도 못 자고 그랬잖아. 그게 알고 보니 다 증후군 때문이긴 했지만. 쉽지 않은 아이 키우느라 매일매일 서로 얼굴 볼 틈도 없고 그랬는데. 그런 생활로 다시 돌아가고 싶어?"

내 말에 그는 이렇게 답했다.

"다시 돌아가면 힘들겠지. 아마 그때보다 더 힘들 수도 있겠지."

그리고 이렇게도 덧붙였다.

"키우면서 전보다 몇 배는 더 불안하겠지."

나도 그 불안함이 가장 두려웠다.

"일단 열 달 동안 내 배 안에 두는 것부터 다시 잘할 수 있을지 모르겠어. 전에는 뭘 몰랐으니까 별생각이 없었는데 이번에는 아이가 무사히 밖으로 나올 때까지 매일 걱정되겠지. 낳아놓고도 마찬가지일 테고. 애가 조금이라도 아프면 너무 무서울 것 같아. 아무것도 몰랐던 처음이랑은 다르겠지."

"그렇겠지. 근데 나는……."

유군은 잠시 머뭇거리더니 이렇게 말했다.

"나는 있잖아. 그래도 셋이었던 그때로 다시 돌아가고 싶어. 그때가 나한테는 가장 안정적이었던 것 같아. 지금은 너무 불안해. 단둘이서만 살지도 모른다는 게……."

우리는 서로에게 그저 회사 동료였던 기간이 1년, 연애하며 보낸 기간은 5년, 결혼해서 함께 산 기간도 벌써

6년 차였다. 그렇지만 아이가 떠나가기 전까지만 해도 서로 다투는 일이 거의 없었다. 둘 다 나름대로 한결같은 면이 있었다.

또한 유군은 그랬다고 한다. 첫 시집도 냈고, 상도 받았고, 단순히 돈을 벌기 위한 곳이 아닌 자신이 어렸을 때부터 동경하던 곳에 입사했고, 거기서 새 일이 익숙해질 무렵 결혼도 했고, 어느 정도 적응이 될 때쯤 아이까지 태어났다고. 그래서 이제는 죽을 때까지 이대로만 쭉 살면 되겠다는, 그런 충만함과 안정감을 느꼈다고 한다.

그런데 어느 날 아이가 예고도 없이 그렇게 먼저 떠나버리고부터는 우리는 전처럼 서로를 배려하지 않았다. 고통스러운 상황에 동시에 몰리자 상대보다 자신이 더 힘들다고 주장하기에 바빴다. 전과는 전혀 다른 사람들로 변한 것이다.

그러자 안정적이라고 자부했던 관계는 급속도로 악화되었다. 각자 따로 가서 상담을 받았던 정신과 의사 선생님조차도 어느 순간 '지금 두 분 사이가 아주 간당

간당하다'라고 걱정할 정도였다. 도무지 해결 방법이 보이지 않는 것 같아 우리는 이제 여기서 끝일지도 모른다는 생각마저 하게 되었다.

그런 시간을 겪으니 유군에게는 또 다른 트라우마가 생긴 모양이었다. 평생 그럴 일은 절대 없을 것이라고 생각했는데 이제는 어쩌면 우리마저도 언제든 서로의 곁을 떠날 수 있다는, 그러니까 영영 헤어질 수 있다는 가능성을 엿보게 된 것이다. 그러니 이전에 우리를 연결했던 끈이 다시 절박해진 모양이었다.

아이가 끈이라는 말, 애 때문에 같이 산다는 말. 예전에는 그런 말들을 들으면 '굳이 왜 그렇게까지?'라고 반문했는데 지금의 우리에게는 그냥 무시해버리고 말 것이 아니었다. 심지어 유군은 자신이 직접 낳을 수만 있다면 한 명도 아니고 둘, 셋까지도 상상해봤다고 한다. 이제는 하나도 불안하다고, 우리가 이미 그런 일을 겪었다고 해서 또다시 같은 일이 반복되지 않으리라는 보장은 없으니까.

의사 선생님께서도 그런 가능성도 미리 생각해야 한

다고 했다. 같은 일이 반복될지도 모를 가능성을 무릅쓰고서라도 아이를 다시 낳아 키우는 삶이 스스로에게 어떤 의미가 될 수 있을지 생각해야 한다고. 처음처럼 일단 낳는다면 어떤 상황에서든 어떻게든 키우게 되겠지만 이제는 그 이상을 생각해야 새로 시작할 수 있을 거라고. 그런 고민이 다시 용기를 내는 데에도 중요한 역할을 할 것이라 했다.

만약 한 번 더 같은 상황을 맞이한다면 어떨지 곰곰이 생각해보았다. 나는 더 자신이 없어졌다. 왜 다시 그래야만 하는지 이유를 찾을 수 없었다. 그래서 조금이라도 전과 같은 상황에 놓일 가능성이 있다면 그냥 아이 없이 사는 쪽을 감당하는 게 낫겠다 싶었다. 혹시 나중에 진정 혼자가 되더라도 말이다.

하지만 이 또한 유군은 나와는 달랐다. 자신은 일단 첫 아이처럼 증후군을 가졌거나 어딘가 장애를 가진 아이가 태어난다고 해도 열심히 키울 수 있다고 했다. 그런 유군의 반응에 선생님은 남자 입장에서는 낳는 당사자도 아니고 자신이 육아에 최선을 다한다고 해도 결국

주 양육자는 엄마가 될 수밖에는 없는 구조니 여자인 나보다 낳고 기르는 것에 대해 좀 더 쉽게 이야기할 수 있다고 했다.

그럼에도 불구하고 나는 그렇게 말하는 유군이 용기 있어 보였다. 그러면서 동시에 그가 진심으로 아이를 원하는 것 같아 부담이 되었다. 아이를 낳는 것은 나만이 할 수 있는 일이니까. 내가 아이를 다시 낳지 않는다면 그의 한쪽 마음을 계속 모른 척하며 살아야 하는데 그런 불편함을 안고 유군과 오래 함께할 수 있을까 싶었다.

일단 살아보지 않는 한 미리 알 수 있는 것은 별로 없었다. 늘 그것이 문제였다.

처음으로 서로의 입장 차를 확인하고 벌써 또 몇 년이 흘렀다. 우리는 여전히 함께 살고 있다. 그리고 같은 질문에 이제 유군은 이렇게 답했다.

"내가 직접 낳지 못한다는 조건을 떠나서 만약 지금 나에게 전권이 있다면 이제는 그냥 아이를 낳지 않는 쪽을 선택할 것 같아. 어떤 고통이든 그것을 이기고 다시 해내는 것이 가치 있다는 것도 알겠는데 굳이 너무 힘들게 그럴 필요가 있을까도 싶어. 무엇보다 네가 너무 힘들 것 같아. 아마 나도 전보다 나이가 더 들어서 이렇게 얘기하는 걸 수도 있겠지."

그런 유군의 이야기를 들으며 어쩌면 그가 지금보다 나이를 더 먹었을 때에는 이 말을 후회할지도 모르겠다는 생각이 들었다. 만약 그렇게 된다면 그를 지켜보는 내 마음은 또 어떨까.

하지만 나 역시 몇 년 사이 깨달은 것이 있다. 사랑하는 사이라고 해서, 또 함께 산다고 해서 서로의 모든 것을 책임질 수는 없다는 사실이다. 자신의 생각과 감정은 자신의 것이었다. 우리는 늘 함께더라도 동시에 영원히 각자였다.

그러니 앞으로 그와 더 잘 지내기 위해서라도 이번에야말로 온전히 나의 의지로 결정해야 한다. 그래야 어떤 선택을 하든 그에 대한 결과가 어떻든 스스로 받아들일 테니까. 나의 삶은 내가 사는 것인데 살아가는 동안 계속 어떤 누구를 원망하게 된다면, 심지어 원망의 대상이 내가 아끼고 사랑하는 사람이라면 그 또한 얼마나 비극일까.

아이가 주는
기쁨이 있잖아

엄마   아들 둘과 나를 낳아 기르셨다.
그중에서 나만 결혼해서 분가한 상태다.

사람들에게 내가 다시 아이를 낳는 것이 좋겠냐고 물어보고 다니다가 가장 가까운 한 사람에게는 제대로 묻지 않았음을 깨달았다. 어쩌면 그동안 나와 나의 삶에 가장 지대한 영향을 미쳤을지도 모르는 사람, 바로 나의 엄마.

부러 내가 먼저 묻지 않아도 이미 엄마가 손주를 언제 다시 낳아줄 거냐고 자주 물으셨으니 내 입장에서는 물어볼 필요를 못 느꼈을 수도 있다. 하지만 다시 한번 제대로 묻고 싶었다. 진심으로 내가 다시 아이를 낳았으면 좋겠냐고. 그렇다면 그 이유가 무엇이냐고.

"당연하지. 얼른 빨리 낳아야지. 얘가 진짜, 언제 낳아서 언제 키우려고 이래."

역시 엄마의 대답은 내 예상에서 한 치도 벗어나지

않았다. 그게 서운해서 묻지 않았던 것이기도 했다. 엄마에게서 내 의사는 중요하지 않은 것 같아서. 하지만 이번에는 여기서 좀 더 파고들어보기로 했다. 사실을 따져가며 냉정하게. 엄마도 그만큼 단호했으니까.

"그때 나 힘들어하는 거 계속 봤잖아. 그래도 다시 낳아?"

나의 대꾸에도 엄마는 조금도 흔들리지 않았다.

"그건 우리 강아지가 약해서 잠도 잘 안 자고 보채니까 네가 더 힘들었던 거고. 다시 태어나는 애는 안 그렇겠지. 그리고 너도 두 번째니 첫 번째보다는 낫지 않겠어?"

지금도 엄마는 떠난 손주를 살아 있을 때랑 똑같이 '강아지'라고 부른다. 그 단어를 내 앞에서 계속 쓰는 것 또한 나는 안중에도 없는 것같이 느껴졌다. 조금 욱한 나는 여기서 더 독하게 말해보기로 했다.

"내가 다시 약한 아이를 안 낳을 거라는 보장이 있어? 또 그럴 수도 있지. 오빠처럼 될 수도 있고."

"에이, 무슨 소리야. 얘가⋯⋯."

확신에 차 있던 엄마의 표정이 어두워졌다.

"만약에 진짜 그렇게 되면 어떡해. 엄마도 아직까지 고생하고 있잖아. 나도 계속 고생했으면 좋겠어?"

나보다 한 살 많은 우리 오빠. 영아일 때 대부분 겪는 황달을 제대로 처치받지 못해 뇌성마비를 얻게 된 오빠. 오빠는 마흔이 넘었는데 아직까지도 엄마의 도움이 필요하다. 스스로도 여전히 엄마의 보살핌과 관심을 바라는 듯하다. 아주 어렸을 때보다야 많이 씩씩해지고 이제 어디든 혼자 다닐 수 있을 정도는 되었지만 여전히 말도 어눌하고 손을 쓰는 것도 능숙하지 못하고 걸음도 불편하다. 환갑이 넘은 우리 엄마는 아직도 큰아들이 좀 더 편하게 먹을 수 있도록 매일 밥상을 따로 차린다. 또 당신이 집을 떠나 있을 때도 큰아들의 안부만은 꼬박꼬박 확인한다.

"나도 오빠 동생으로 살면서 얼마나 힘들었는데. 이제 내가 둘째를 낳으면 걔도 어떤 영향을 받겠지."

장애를 가진 오빠의 한 살 터울 여동생이라는 사실은 나의 삶에 어쩔 수 없이 몇몇 작용을 했다. 희미한 기억이 남아 있는 아주 어렸을 때부터 오빠와 함께 다닐 때마다 사람들의 시선을 받는 것은 기본이었고 같이 다니던 학교들에서는 누구의 동생이라는 수식어가 늘 따라다녔다. 커갈수록 내가 알아서 잘해야 한다는 부담도 있었다. 많은 아이들이 방황한다는 사춘기 때마저도, 이미 충분히 버거운 육아를 하고 있던 엄마가 감당할 수 있을 만큼만 삐뚤어져야 했다.

그렇지만 그런 것들이야 이미 다 지나갔고 겪어낸 일들이다. 하지만 만약 내가 아이를 다시 낳았을 때 내 자식이 나와 비슷한 길을 걷게 되는 것은 두렵다. 자신이 태어나기도 전에 있었던 형제의 죽음 때문에 처음부터 무슨 소리를 듣고 어떤 영향을 받으며 삶을 시작한다면 그 아이도 나처럼 부담스러울 것만 같다. 그런 상황을 자진해서 만들고 싶지는 않다.

그뿐만이 아니다. 세상에 자기 자식의 안위가 전혀 불안하지 않은 부모는 아마 없겠지만, 첫째 아이를 낳고 키우는 과정에서 큰 상처를 받은 우리 엄마는 지금도 매사 자식들에 대해 몹시 불안해하신다. 다 크다 못해 이제 늙어가고 있는 자식들의 인생을 자신이 생각하는 울타리 안에 끊임없이 넣고 싶어 하신다. 그것이 당신이 예상할 수 있는 선이니까. 그 안에 두지 않으면 더 불안해지니까. 심지어 당신의 딸에게서 나온 첫 손주까지 이렇게 떠나버렸으니 앞으로 엄마의 걱정은 더하면 더했지 덜하지는 않을 것이다. 아이를 빨리 다시 낳으라는 말도 그 연장선 위에 있다. 그러니 나는 더 의문이 드는 것이다. 그 끝없이 이어지는 불안을 내가 감당할 수 있을까. 그런 불안한 마음을 가지고 평생 자식을 지켜보는 일을 내가 해낼 수 있을까. 이전에도 용기가 잘 나지 않았지만 이제는 전보다 더 자신이 없어졌다.

"엄마, 진짜로 말해봐. 엄마 지금도 힘들잖아? 내가 왜 힘들 것이 뻔한 그런 길을 다시 가야 하는지 잘 모르겠어."

엄마는 이렇게 말했다.

"그렇게 생각할 수 있지. 내가 힘들어 보일 수 있지."

그런데 엄마의 다음 말에 계속 가볍게도 옴짝대던 나의 입이 다물어졌다.

"근데 힘들어도 아이가 주는 기쁨이 있잖아. 진짜 큰 기쁨."

그 사실만큼은 나도 부인할 수 없었다. 아이를 키우며 그런 느낌을 받은 적이 있으니까. 하나부터 열까지 옆에서 지켜보며 보살피느라 지치고 힘에 부쳐도 아이에게는 그것을 이겨내게 만드는 아주 특별한 사랑스러움이 있었다. 그 존재만으로도 기쁨과 동시에 계속해서 살아가게 만드는 힘을 주기도 했다. 내가 없으면 아이는 안 되니까.

나라는 딸도 우리 부모님에게 여전히 그러한 존재인 것 같다. 서로 떨어져 살기 시작하면서부터는 하나뿐인 딸이 늘 그리우신 모양이었다. 보고 싶다며 언제 집에 올 거냐는 얘기를 자주 하시는데 막상 만나면 함께 특별한 것을 하지는 않는다. 그저 나를 가까이서 다시 보고 옆에 앉혀두는 것만으로도 감격스러워하신다. 그러다 헤어질 때는 다시는 못 볼 사이처럼 무척 서운해하신다. 나라는 존재가 당신들의 유일한 삶의 이유인 것처럼. 그만큼 매번 절절하다.

고작 3년 남짓 경험한 내가 40년이 훨씬 넘게 세 자녀의 엄마로 살고 있는 마음을 어디까지 헤아릴 수 있을까. 당신의 도움 없이는 아무것도 하지 못하던 갓난아기가 어느덧 자라 성인이 되어 자신의 삶을 헤쳐나가는 것을 계속 지켜보는 마음. 한 존재의 성장과 독립에 스스로를 아낌없이 갈아 넣으며 겪었던 수많은 일들과 감정들. 나의 미약한 체험을 가지고서는 여전히 짐작만할 뿐이다. 그리고 내가 이대로 다시 아이를 낳지 않는다면 그것은 영원히 알 수 없는 세계로 남을 것이다.

너희끼리
잘 살면 된다

시어머니   유군의 어머니.
         아들 둘과 딸 둘을 낳아 기르셨다.

유군과 결혼을 하자 그 즉시 나에게는 새로운 가족들이 생겼다. 이전까지는 서로 전혀 몰랐던 사람들이다. 당연히 처음에는 만나면 어색했고 어떻게 대해야 할지 몰라 조심스러웠다. 그중 가장 어려웠던 것은 내 인생에 새롭게 등장한 엄마, 바로 시어머니였다.

이 세상에 유군을 낳아놓은 엄마는 당신이 태어나 일흔이 넘은 지금까지 충청북도 옥천군에서 살면서 쭉 농사를 짓고 계신다. 2남 2녀의 자식들은 모두 분가해 집을 떠났고 현재 백 살이 넘은 시어머니를 모시고 배우자와 함께 살고 있다.

이렇게 도시 밖에서만 살면서 농업을 평생의 일로 삼아온 여성은 내 주변에서 어머니가 유일하다. 그동안 나에게 농촌은 물리적으로든 심리적으로든 거리가 먼

곳이었다. 때문에 결혼 초반에는 어머니를 그저 여러 대중매체에서나 접했던, 시골에서 힘들게 농사를 지으며 가족에게 헌신하는 어머니상 정도로만 바라봤었다.

하지만 몇 년이 지나자 그것이 다가 아니라는 사실을 자연스럽게 깨닫게 되었다. 가장 의외였던 것은 어머니는 농사에 누구보다도 진심이시라는 점이었다. 단순히 생계만을 위해 어쩔 수 없이 하는 일이 아니었다. 올해 기른 고추가, 옥수수가, 콩이, 마늘이 같은 마을 누구의 무엇보다도 튼튼하게 잘 자란 것을 자랑스럽게 여기셨다. 안부 전화를 드릴 때에도 주로 그런 얘기를 하셨다. 농사일은 내게 익숙한 도시의 일이 아니었기에 제대로 이해를 하지 못했을 뿐 어머니는 그 어떤 전문가보다 한 분야에 오랜 시간 몰두하고 계셨다.

듣자 하니 자식을 양육하셨던 방식도 내가 겪은 것과는 좀 달랐다. 비교하자면 나는 늘 어떤 울타리 안에 들어 있었던 것에 반해 어머니는 일찍이 자식들을 밖으로 내놓으셨다. 이는 유군과 내가 처한 상황이나 환경이 달랐기 때문이기도 했다. 이를테면 막내아들인 유군이 중

학교 1학년이 되자 통학에 어려움이 생겨 어떤 결정이 필요했던 것이다.

유군이 새로 가야 했던 학교는 살던 마을에서 차로도 한참 가야 하는 읍내에 있었다. 내가 살던 도시는 대중교통이 더 잘되어 있기도 하지만, 이렇게 통학이 쉽지 않은 경우에는 부모가 차로 아이를 데려다주고 데리고 오는 일이 흔했다. 그것도 어렵다면 비슷한 사정의 다른 집들과 돈을 모아 통학 차량을 빌리기도 했다. 그러나 당시 유군 동네에는 그 또래 학생들도 많지 않아 후자의 방법도 쓸 수 없었다. 당연히 학교 버스도 없었다.

결국 어머니는 좀 무리를 해서 읍내에 집을 구해 중학교 1학년인 유군과 3학년인 작은누나, 고등학교 2학년인 큰누나 셋을 함께 집에서 내보내기에 이른다. 아이들의 할머니, 즉 당신의 시어머니를 함께 보내기는 했지만 그때 이미 칠순이 넘으셨다고 한다. 당시 성인이었던 큰형은 근처 도시로 나가 대학에 다녔으니 아직 미성년이었던 나머지 자식들마저 최소한의 보호만을 할 수 있는 보호자와 함께 이른 나이에 독립시킨 셈이다. 유군 말에 따르면 이런 상황은 그때 그곳에서도 보기 드문 일이었다고 한다.

어머님이 자식들의 학업에 큰 욕심이 있었던 것도 아니었다. 아들들은 근처 어느 지역의 대학 정도만 가면 괜찮겠다 생각하셨고 딸들은 대학에 보낼 생각도 미처 하지 못하셨다고 한다. 고등학교도 딸들의 의지와는 상관없이 취업이 잘된다는 직업 전문 학교에 보내려고 하시다가 담임 선생님들의 만류로 겨우 인문계 학교에 보내셨다고 한다.

그러니까 어머님의 바람은 그저 거기까지였던 것이다. 주어진 조건과 환경 내에서, 가족이더라도 서로에게 폐를 끼치지 않으며, 본인의 앞가림은 각자 잘하고 살아가는 것. 그 이상으로는 욕심을 내지 않으셨으니 당장의 상황에서 가능하고, 더 나은 선택만을 하셨던 것이다. 그런데 그때 그런 어머니의 선택은 의도치 않게 자식들이 더 큰 꿈을 꿀 수 있게 만들었다. 자신들이 좋아하는 것들을 스스로 찾게 만들었고 그래서 더 먼 곳으로 나아갈 수 있게 했다. 아이들을 당신의 품에서 일찍

떼어놓은 결과였다. 그 모든 것이 어쩔 수 없는 상황 때문이었다고 해도 엄마로서는 큰 용기가 필요한 일이었으리라 짐작한다.

유군과 내가 아이를 잃은 후에도 시어머니는 비슷한 모습을 보이셨다. 걱정이 전혀 없으신 것은 아니다. 우리 얘기라고 딱 꼬집어서 말씀하지는 않으셨지만 이런저런 생각으로 머리가 아프다는 얘기를 종종 하셨다. 가끔 내가 다시 아이를 낳았으면 좋겠다는 마음을 돌려서 표현하시기도 하지만 그동안 단 한 번도 그것을 직접적으로 요구하거나 강요하신 적은 없다. 사람 사이에 당연한 예의지만 세상에는 수많은 불합리한 일들이 벌어지고 있지 않은가. 시어머니와 며느리 사이에는 더더욱 어려운 일이었다. 어머니는 인생이란 대부분 예상대로 흘러가지 않으니 아무리 당신이 낳은 자식의 일일지라도 마음대로 할 수 없다는 것을 이미 알고 계신 듯했다.

그래서 그날 이후 어머니께서 나에게 자주 하시는 말씀은 바로 이것이다.

"너희끼리 잘 살면 된다."

"너희나 잘 살아."

마치 주문처럼 되뇌이시는 이 말이 나에게는 어떤 기원처럼도 들리고 당신 스스로에게 하는 다짐처럼도 들린다. 어머니의 잘 살라는 말의 의미가 내가 생각하는 것과는 좀 다를지도 모르지만 말이다. 예전처럼 유군과 아이를 낳고 기르며 사는 그런 모습을 생각하며 하시는 말씀일 수도 있다. 그래도 어떻게 해야만 한다는 강요의 말보다는 나에게 훨씬 힘이 된다.

다시 엄마가 되는 문제에 대해 고민하면서 나의 두 어머니들을, 나의 부모님들을 전혀 고려하지 않는 것은 아니다. 나만 해도 가부장적인 가치관이 지배적이며 전통적인 가족의 형태만을 인정하는 시대와 분위기 속에서 태어나 자랐고 그것들에 더 익숙하다. 어떤 사람들이 쉽게 말하는 결혼한 자의 의무, 효도의 형태, 그래야만 한다는 삶의 기준에 무척 신경이 쓰인다. 무시할 수가 없다.

하지만 이것만은 믿을 수 있다. 그 어떤 부모도 자식

이 불행하게 살기를 원하지는 않을 것이다. 무엇보다도 잘 살기를 바랄 것이다. 각자 태어나 살아온 시대와 환경으로 인해 가치관이 서로 다를 수는 있다. 그러니 지금 내가 해야 할 일은 누구든 납득할 만한 그런 길을 찾는 것이 아니다. 그 누가 아닌 내가 앞으로 잘 살아낼 수 있는 길이 무엇일지 고민하고 선택해야 할 것이다.

　나를 세상에 있게 한 시작은 부모님들의 의지였다고 해도 내 삶이 끝나는 그날까지 나를 책임져야 하는 사람은 결국 나다. 이제는 그 점을 늘 잊지 않으려고 한다. 그리고 이제야 비로소 나 자신에게 질문을 던져본다.

2부

내가 다시 엄마가 될 수 있을까?

이미 겪어
알게 된 것들이 있다

엄마가 된 것을 처음 알게 된 그날을 아직도 생생하게 떠올릴 수 있다.

며칠 전부터 이상하게도 속이 좋지 않았다. 체한 것도 같고 무엇을 먹어도 영 불편했다. 내과를 찾아가자 의사 선생님은 위염인 듯하니 일단 약을 먹어보고 차도가 없으면 내시경을 해보자고 했다. 그때까지만 해도 집 근처 고등학교에서 기간제 국어 교사로 일을 하고 있었는데 그사이 일로 인한 스트레스가 좀 쌓였나 싶었다.

그런데 다음 날 무려 새벽 다섯 시에 눈이 떠졌다. 태어나서 처음 느껴보는 극한의 울렁거림이었다. 뱃멀미보다 몇십 배는 더 괴로웠다. 침대에서 눈만 뜨고 누워 있는데도 눈앞이 빙글빙글 돌고 당장이라도 토할 것만 같았다.

그럼에도 나는 마치 뭐에 홀린 듯 조용히 몸을 일으켜 서랍에 넣어놓았던 임신 테스트기를 찾아 들었다. 당장 필요하지도 않은 테스트기를 미리 사다둔 이유는 순전히 호기심 때문이었다. 그때만 해도 플라스틱이 아닌 완전히 종이로만 만들어진 테스트기가 흔치 않아 직구 사이트에서 영양제를 구입하다 신기해서 함께 사본 것이었다. 그래서 아침에 일어나자마자 첫 소변으로 임신 테스트를 해야 정확하다는 것도 전혀 몰랐는데 어쩌다 보니 아주 적절한 때에 사용하게 되었다. 모든 일들이 우연인 듯 필연인 듯 자연스럽게 이어졌다.

테스트기에는 굳이 뭘 확인해보냐는 듯 빨간색 줄 두 개가 또렷하게 나타났다. 이래저래 정신이 혼미한 상태에서 한 손에 그것을 들고 유군의 방 앞으로 가 문을 두드렸다.

"나 이상해."

당시 그는 청탁받은 원고가 있어 회사에 휴가를 내고 시를 쓰느라 밤을 꼴딱 새운 상태였다. 역시 비몽사몽 정신없던 그에게 나는 테스트기를 내밀며 말했다.

"확인하러 가야 할 것 같아."

"응."

우선 학교에 연락해 양해를 구하고 출근 시간을 늦췄다. 마침 오전에는 수업이 하나밖에 없는 날이었다. 하나를 뒤로 미루는 것은 그나마 민폐가 덜했다. 그러고 바로 건물 하나가 통째로 병원인 집 근처 산부인과로 가서 진료가 시작되자마자 접수했다. 그렇게 큰 곳은 예약 없이 가면 아주 많이 기다려야 한다는 사실도 그날 처음 알았다. 유군과 나는 둘 다 멍한 상태로 나란히 진료실 앞 의자에 앉아 차례를 기다렸다.

"김미지 님 들어오세요."

이름을 부르는 소리에 우리는 진료실로 들어갔다.

"이거 제가 아까 새벽에 해봤는데요."

무슨 일로 왔냐고 묻는 의사 선생님께 나는 쭈뼛쭈뼛 두 줄이 그어진 종이를 내밀었다. 그는 그걸 보고 알았다고 하더니 방 한쪽 커튼으로 가려진 공간으로 가라고 했다. 그 안에는 침대가 있었다. 나는 거기에 누워 옆에 있던 초음파 기계에 달린 모니터를 통해 내 배 속에 생긴 무언가를 보게 되었다. 심지어 콩닥콩닥 소리도 났다. 벌써 6주 차였다.

그렇게 우리는 얼떨결에 처음으로 아이의 심장 소리를 함께 들었다.

아주 제대로 확인했음에도 불구하고 무엇도 실감하지 못해 둘 다 여전히 얼떨떨했다. 전날 밤까지만 해도 앞으로 아이를 낳을지 말지 고민하며 주저하느라 결론도 내리지 못한 상태였다. 이미 배 안에 새 생명이 생긴 것도 모르고 말이다. 그래서였는지 병원에서 나와서도 일단 학교에 출근해야 한다는 생각만 들었다. 유군도 혼자 집으로 돌아가서는 자지 못한 밤잠을 보충하느라 바로 잠들었다고 했다.

그런데 부랴부랴 학교에 출근하자마자 부서 부장 선생님께서 조용히 나를 불렀다. 학교 측에서 재계약을 원한다는 이야기였다. 이 역시 예상하지 못했던 일이었다. 원래는 이번 계약 기간이 끝나면 교사 일을 완전히 그만두고 본격적으로 글 쓰는 일을 다시 해볼 생각이었다. 대학을 졸업하고 대학원을 다니며 국어 강사 일을 하던 시절부터 그때까지 학생들을 가르치는 일은 10년 넘게 했으니 여한이 없었다. 또 나중에라도 다시 할 수 있는 일이었다. 반면 새로운 꿈을 위한 도전은 더 늦으면 안 될 것 같았다. 이미 작가인 유군도 옆에서 적극적으로 권했다. 그래서 몇 개월 전부터 주말에 소설 쓰기 강좌도 다니면서 한동안 놓았던 습작도 다시 시작했는데 갑자기 재계약 제안을 받은 것이다.

나는 곧바로 사실 아침에 병원에 가서 임신을 확인했다는 말씀을 드렸다. 하지만 그 얘기에도 학교 측에서는 다시 한번 생각해보라고 했다. 어떤 정교사 선생님의 휴직 중 빈자리를 메우고 있던 기간제 여교사에게 출산 휴가까지 고려한 그런 제안은 쉽지 않은 일이었다. 고민이 좀 되었지만 결국에는 죄송하다고 말씀드렸다. 여러 가지 상황들이 너무나 급작스러웠지만 어쨌든 아이를 맞이하는 일이 가장 중요하다고 생각했다.

그 뒤로 하루가 다르게 변해가는 몸 상태 탓에 근무

가 점점 더 쉽지 않았지만 남은 계약 기간을 무사히 마치고 본격적으로 엄마가 될 준비에 들어갔다. 최대한 좋은 생각만 하면서 좋은 것만 먹었고 선한 것들만 보고 들으려고 노력했다. 중간중간 우리 아이의 증후군을 암시하는 여러 일들이 일어났지만 당시에는 아무것도 알지 못했으니 그것이 뒷날의 복선 같은 건지도 몰랐다. 다들 임신과 출산 과정이 생각보다 쉽지 않다고들 하니 나도 한 번씩 겪고 지나가는 그런 일로 넘겼다. 그렇게 주어진 기회도 포기하고 꾸었던 꿈도 잠시 미루게 되었지만 괜찮은 엄마가 되기 위해 나름대로 몸과 마음을 준비했다.

그러나 막상 아이가 세상에 나오고 나서부터 시작된 본격적인 육아의 과정은 예상과 전혀 달랐다. 상상 그 이상이었다. 육아를 하는 하루는 아이가 깰 때 시작되어 아이가 잘 때 끝났다. 분명 내가 사는 하루인데 언제가 시작이고 언제가 끝일지 당사자인 내가 알 수 없었다. 식사 시간도 마찬가지였다. 아이가 낮잠이라도 자야 가까스로 밥을 먹을 수 있었다. 간신히 시간이 주어져도 먹고 싶은 것을 먹기는 힘들었다. 아이가 언제 깨서 언제 다시 나를 찾을지 모르니 대부분의 끼니때마다 최대한 신속하게 먹어치울 수 있는 것을 찾아 먹었다. 그나마 끝까지 다 먹을 수 있으면 다행이었다. 아이가 깨는 순간 식사 시간은 그것으로 끝이었다.

제한이 없었던 것은 아니지만 컨디션에 따라 조퇴와 휴가가 가능했던 회사나 학교와 달리 육아를 할 때는 쉬는 것조차 쉽지 않았다. 몸이 아파도 마음대로 쉴 수가 없었다. 낮이든 밤이든 나를 기다리고 내가 돌봐야 할 대상이 늘 곁에 있었으니까. 그나마 누군가 아이를 맡아 봐줄 때에는 잠시 나만의 시간을 가질 수도 있었지만 완전한 후련함은 느낄 수 없었다. 잠시의 휴식 시간조차 내 할 일을 남에게 미룬 것만 같아 마음이 무거웠다.

지금 생각하면 지나친 생각이었다. 그 시간에 부족한 잠을 자거나 다른 것들을 하며 기분 전환을 했어야 했다. 그것이 아이에게도 훨씬 좋은 영향을 줬을 것이다.

그러나 나는 그 귀한 시간에 이유식을 만들거나 밀린 집안일을 했다. 잠시라도 맡아줄 사람이 없는 독박 육아를 하는 엄마라면 1년에 단 한 번도 꿈꾸기 힘들 시간에 도대체 왜 그랬는지 알 수가 없다. 이유를 찾자면 나머지 일들도 언젠가는 내가 해야만 하는 것들이니 무엇이든 빨리 해치우고 싶었던 것 같다. 이렇게 다 지나고 나면 보이는데 모든 것들이 처음이라 당혹스럽고 체력도 달리던 그 시절에는 매번 매 순간 마음만 급했다.

아이를 낳기 전에는 '나중에 자식에게 너무 많이 희생하지는 말아야지' '이것저것 집착하지 말아야지' 하고 다짐했는데 정말 뭣도 몰랐던 것이었다. 아이가 생긴 순간부터 어쩔 수 없이 그래야 하는 부분들이 생겼다. 그 누구가 아닌 내가 만들어 내가 이 세상에 내놓은 존재가 지금은 아직 너무나도 어리고 약해 혼자서는 아무것도 할 수 없으니 당장은 나 자신을 뒤로하고서라도 어떻게든 보호해야 했다. 그러다 앞으로 언제까지 이렇게 살아야 하는 건지 의문도 들었다. 매일매일 가장 자주 느낀 감정은 바로 막막함이었다.

내 미숙함과는 상관없이 매일은 지나갔고 아이는 조금씩이라도 계속 자랐다. 그렇게 서로 견디며 지내던 어느 날 문득 돌아보니 나는 놀랍게도 꽤 엄마처럼 변해 있었다. 지금 생각해도 참 신비한 일이다. 처음에는 예쁜지도 잘 모르겠던 아이도 돌이 지나자 더없이 귀엽고 사랑스러워 보였다. 비로소 이 아이를 위해서 무엇이든 할 수 있을 것만 같았다. 내 목숨도 내놓을 수 있을 것 같았다. 그제야 마음을 다잡고 모든 것들을 받아들이기 시작했는데 갑자기 엄마로서의 생활이 끝이 나버린 것이다. 갑작스러웠던 시작처럼 그렇게.

이후 어느 날은 하루아침에 해고를 당한 것 같기도 했고 어떤 날은 열렬했던 연애를 하다 뻥 차인 사람 같기도 했다. 그러다 이제 나라는 사람의 존재 가치마저 사라진 것은 아닐까 의심도 들었지만 더 이상 살지 말아야겠다는 생각만은 끝내 하지 못했다. 그건 사실 아이가 떠난 그 순간부터 그랬다. 그러면 내가 모든 것을 다 떨쳐내고 편해져버릴 수도 있으니까. 아이를 끝까지 지켜내지 못한 나는 감히 쉽게 편해져서도 안 된다고 생각했다. 그렇게 죗값을 치른다는 마음으로 하필 내게는 아직도 남아 있는 삶의 매일을 그저 살아갈 뿐이었다.

하지만 평생 죄인처럼 살아갈 것만 같았던 나는 지금 아주 잘 살아 있다. 격한 감정들도 대부분 잠잠해졌다. 물론 슬픔이나 그리움이 어디에 숨어 있다 하루에도 몇 번씩 갑자기 밖으로 튀어나오기도 하지만 이제는 적당히 숨기고 적당히 누르는 나름의 요령도 생겼다. 그러다가도 맛있는 것들을 먹으면 맛있다고 느낄 줄 알고 재미있는 것들을 보면 크게 웃기도 한다. 뭔가를 갖고 싶다는 생각도 하고 뭔가를 하고 싶다는 생각도 한다. 다만 이제 나는 더 이상 엄마는 아닌 것이다.

한번 지나간 시간은 다시는 돌아오지 않는다는 불변의 이치는 어떤 때는 참 비정하게 느껴진다. 나와 아이가 함께했던 그 시간은 이제 되돌릴 수 없다. 하지만 내가 다시 아이를 낳는다면 상황은 또 달라진다. 그때와 꼭 같을 수는 없겠지만 일단은 아주 많이 비슷한 상황들이 나에게 돌아올 것이다. 각별하고 소중했던 순간들을 그렇게라도 되찾을 수 있다면 그것을 축복이라 말한다 해도 과언이 아니겠지만 그와 동시에 한 생명을 끝까지 책임지고 지켜내야 한다는 삶의 조건도 내 손으로 되돌리게 되는 것이다. 전에는 아무것도 모르고 시작했지만 나는 이제 조금은 알고 있다.

반복도
쉽지는 않을 것이다

의학적으로 여성의 몸에서는 출산 당시의 고통을 잊게 해주는 호르몬이 나온다고 한다. 그러니 아무리 힘들었어도 가능하다면 둘도 셋도 낳을 수 있는 거겠다. 나도 출산 자체의 고통은 진즉 잊었고 몸과 마음이 힘들었던 회복기의 기억도 어렴풋하게만 남아 있다. 하지만 지금은 다시 그 과정을 반복할 것인가 말 것인가를 두고 고민하고 있으니 희미해진 과거의 기억을 끄집어내서 그것을 바탕으로 이후를 예상해보는 일은 선택에 도움이 될 것이다. 또한 출산과 육아의 과정은 아무래도 생물학적 나이와도 밀접하니 그것을 기준에 두고도 생각해보겠다.

어느새 올해의 절반이 지나갔다. 운이 좋아 빠르게

임신이 된다고 해도 고민하는 시간까지 포함하여 내년을 넘길 가능성이 높다고 보고 마흔 살에 임신, 마흔한 살에 출산한다고 가정해보겠다. 그렇게 되면 초산은 아니더라도 의학적으로 봤을 때 어쩔 수 없는 노산이다. 나이가 들어 임신하게 되면 병원 정기 검진 과정부터 좀 다르다고 하더라. 고령 임신은 여러 가지 위험성이 높기 때문에 비싸고 번거로운 몇 개의 검사들도 추가된다.

처음 아이를 임신했을 때는 서른네 살이었다. 그때도 생물학적으로 빠른 나이는 아니었지만 특별히 아주아주 몸조심을 하지는 않았다. 앞서 말했듯 하던 일도 한동안 계속했다. 심지어 일을 그만둔 임신 중후반부에는 물속에서 하는 임산부 체조를 매일 하러 다니고 각종 임신과 출산, 육아 관련 강의가 있으면 직접 찾아가서 들었다. 그토록 의욕이 넘쳐 가만히 있지를 못했다. 하지만 만약 다시 임신을 하게 된다면 나는 새로 생긴 아이가 또 어떻게 잘못될까 두려워서 열 달 동안 외출도 자제하고 자주 누워 있을 가능성이 크다. 유군을 포함한 다른 가족들도 걱정이 많을 것이다.

기억을 더듬어보면 처음에도 출산 전에 크게는 두 번 정도 위기가 있었다. 한 번은 저녁을 먹다 곧 아래로 뭐가 쏟아져 나올 것만 같은 느낌이 들어 병원으로 달려 갔더니 조산기가 있다고 했다. 다행히 수액을 맞고 누워서 좀 쉬자 안정을 되찾았다. 두 번째는 출산 예정일이 임박했을 무렵 아기가 잘 지내고 있는지 심박수로 체크하는 태동 검사 수치가 정상으로 나오지 않았다. 여러 번 더 검사를 하고 나서야 집으로 돌아올 수 있었다. 다음 진료 때 그것이 자궁 안의 상태가 그다지 좋지 않다는 사인일 수도 있으니 되도록 빨리 제왕절개로 아이를 밖으로 꺼내자는 이야기를 들었다. 사실은 이 모든 것들이 아이가 돌이 되어서야 발견된 윌리엄스 증후 군과 연결해볼 수 있는 것들이었지만 당시에는 누구도 알아채지 못했다.

　순산을 기원하는 인사가 괜히 있는 것이 아니었다. 그만큼 어렵기에 또 더욱 감사한 일인 것이다. 그렇게 여러 고비들을 넘어 출산까지는 어찌어찌 해냈지만 뒤이어 극단적인 결말을 맞은 내가 그럼에도 다시 출산을 결심하기 위해서는 과정에서 어떤 돌발 상황이 생겨도 침착하게 맞이하겠다는 의연함이 필요하다. 전보다 훨씬 더 많이.

이 외에도 임신과 출산은 나에게 변함없이 여러 신체적·정신적 변화들을 가져다줄 것이다. 임신 초기에 아기가 자신의 존재를 처음으로 알리며 온 입덧의 느낌은 오랜 시간이 지난 지금도 떠올릴 수 있을 정도다. 생전 처음 느껴보는 울렁거림과 반복되는 구역질이 좀 괴로웠다. 그 시기가 어찌어찌 지나 증상들이 사라지고 나서도 여전히 먹지 못하는 것들도 많았다. 더운 여름에 목구멍을 타고 내려가는 시원한 맥주 한 모금이나 톡 쏘는 달달한 탄산음료 같은 것들을 못 마시는 것은 그래도 참을 만했는데 얼음이 잔뜩 들어간 아이스 아메리카노를 멀리하는 건 역시 쉽지 않은 일이었다. 또 혹시 탈이 나면 쉽게 약을 먹을 수도 없기 때문에 그렇게 좋아하던 회도 멀리할 수밖에는 없었다. 그렇게 조심했어도 막판에는 위염과 장염이 한꺼번에 와 설사를 하고 열에 오한에 힘든 중에도 먹을 수 있는 약이 별로 없어 그냥 견디기도 했다. 이 모든 것은 내 배 속의 또 다른 생명의 건강을 위한 것이었으니 힘들어도 끝까지 참을 수 있었다.

또한 임신을 하고 나니 매달 하던 생리를 하지 않았다. 그건 너무 편했지만 끈적한 분비물이 자꾸 늘어나는 것은 좀 불편했다. 가슴도 나날이 커지고 단단해지는 데다 젖꼭지도 민감해져 옷만 살짝 스쳐도 아프고 색도 까매졌다. 커진 자궁이 장을 압박하기도 해 변비도 생겼다. 답답하고 불편했지만 초기에는 배에 힘을 너무 주는 것도 아이에게 위험하대서 꾹 참았다.

배가 커지면서 생기는 문제는 변비뿐만이 아니었다. 배 중앙에 세로로 진한 갈색의 임신선이 생기더니 체중도 갑자기 늘어서 배와 몸 이곳저곳에 튼살의 기미가 보였다. 살이 갈라지면서 하얗게 튼 자국이 한번 생기면 다시는 전으로 돌아갈 수 없다는 말에 아기에게 안전하다고 검증된 튼살 방지용 크림을 사다 매일매일 발랐다. 많이들 아는 사실인지 주변에서 선물해주기도 했다. 아기와 양수의 무게가 점점 더 늘어나자 허리와 치

골에도 통증이 생겼다. 걸을 때마다 밑이 빠질 것 같아 불안불안했던 그 기분은 정말 불편했기 때문에 아직도 기억이 난다.

이렇게 몸이 변하고 계속 견디고 있던 탓이었는지 시시때때로 졸음도 밀려왔다. 호르몬 변화 때문이기도 하고 이것저것 신경 쓰느라 예민해지다 보니 감정 기복도 심해져 사소한 일에도 서운하고 눈물이 났다. 그래서 이래저래 피곤한데도 밤에 쉽게 잠을 이루지 못했다. 또 배가 점점 더 불러올수록 똑바로 누워도 옆으로 누워도 불편하기만 했다. 엎드리는 것은 아예 불가능한 일이었다. 가만히 있는 밤이면 아이가 배 안에서 놀며 움직이는 것도 더 잘 느껴져 숙면이 쉽지 않았다.

이토록 버거웠던 모든 변화들을 이겨낼 힘을 주는 순간도 당연히 있었다. 바로 태동이다. 출산과 육아에서 100가지의 힘든 일들이 있어도 뒤따라오는 몇 가지의 기쁨과 경이로움으로 참아낼 수 있다는 말들을 그때 처음으로 공감했던 것 같다. 아직도 가끔 배 안에서 무엇인가가 꼬물거리던 그 느낌이 그리울 때가 있다. 한 생명을 품고 있다는 것이 실감 나 신기하고 행복했다.

특히 아이가 중간에 갑자기 역아로 돌아서 종종 머리로 내 갈비뼈를 누르고 발로 방광과 밑을 차도 뭐든 아이가 잘 있다는 신호겠거니 하며 안도했다. 막상 배 안에서 꺼내보니 내 오른쪽 갈비뼈 아래에 아이의 머리가 끼어서 서로 불편했던 것이었지만 그때는 아무것도 몰랐으니 태동으로 아파도 그저 감격스러웠고 아이를 만날 날이 기다려지기만 했다. 그 설렘을 떠올리면 아직도 가슴이 두근거릴 정도다. 만약 다시 임신을 한다면 그 기분들을 다시 느낄 수 있겠다.

이후 어떻게든 열 달 가까이의 기간을 다 채운다면 역아였던 떠난 아이를 제왕절개로 출산했으므로 두 번째도 그렇게 낳아야 할 것이다. 자연분만을 시도해볼 수는 있다고 하지만 과거 제왕절개의 이유, 산모의 나이와 골반 상태, 본인의 체중, 아이의 현재 크기 등 이것저것 조건이 많다니 시도도 쉽지 않고 성공 확률도 높지 않다. 어쩔 수 없이 또 제왕절개를 하게 된다면 지금 배 아래쪽에 있는 가로로 긴 칼자국의 그 근처 어디를 다시 칼로 벤 후 아이를 꺼내고 꿰맬 테고 또다시 아물기를 기다려야 하는 새 흉터가 생길 것이다.

지금은 거의 나아졌지만 출산 후 한 3년 차까지만 해도 수술 자국이 그렇게나 가려웠다. 비 오는 날이라든지 한 달에 한 번 생리를 하는 날에는 귀신같이 더했다. 출산 전에는 즐겨 입던 청바지도 몇 년 후에야 다시 편하게 입을 수 있었다. 초반에는 흉터 부위가 눌리면 너무 아프고 불편해서 마음먹고 입었다가도 결국 다른 헐렁한 옷으로 갈아입어야 했다.

그래도 감사하게 출산까지 무사히 마치고 새로 태어난 아이를 집으로 데리고 오면 일단 정말 신기하고 예쁘겠다. 처음 아이를 낳았을 때는 그런 것을 느낄 겨를도 없었지만 두 번째라면 그 정도 여유는 있을지도 모르겠다. 유군이 세상에 나온 아이를 처음 보더니 텀블러만 하다고 놀라워할 정도로 갓난아기는 정말 작고 귀여웠다. 그런 귀여움이 진화생물학적으로도 모든 어린 존재들의 생존 전략이라고 할 만했다.

그렇지만 한편으로는 또다시 내 몸에 생긴 수술 자국과 무리한 몸을 돌보면서, 그러니까 이른바 출산 후 몸조리를 잘하려고 애를 쓰면서 동시에 새벽 수유에 밤을 지새우는 날들이 이어질 것이다. 이렇게 나란히 써놓고 봐도 몸조리와 수유라는 말은 참 서로 어울리지 않는다. 정반대의 지점에 있는 것만 같다.

조리원에서 집으로 돌아와서 시도 때도 없이 우는 아이에게 두 시간마다 뜬눈으로 젖을 물리던 그때 그 새벽 시간은 정말 고독했다. 당장 내일 아침에도 출근을 해야 하는 유군은 대개 자고 있었다. 그러니 나 홀로 이 순간 이 아이를 오롯이 책임지고 있는 듯한 그 느낌이, 뭔가 애틋하고 뭉클하면서도 어쩐지 쓸쓸했었다.

그렇게 나는 또다시 초반의 몇 개월 동안은 철저히 아이가 자고 깨는 시간에 맞춰 지내다 예방 접종을 맞혀야 하는 날이나 영유아 검진을 해야 하는 날에나 집 밖으로 나오게 될 것이다. 출산 후 초반에 집에만 있으면 답답해서 밖으로 나가고 싶어지기도 한다던데 나는 그렇지도 않았다. 누가 한참 두들기다 간 듯한 온몸의

125

통증과 무거움 때문이기도 했고 어쩔 수 없이 감수해야 했던 외모의 변화 때문이기도 했다.

주변에서 들은 얘기가 많아 단단히 각오는 하고 있었지만 막상 겪어보니 대단했다. 머리카락이 뭉치로 빠지기 시작하더니 머리 속 군데군데가 훤히 보일 정도가 되었다. 그것이 얼추 복구되는 데까지 몇 년은 걸린 것 같다. 완전히 돌아오는 것은 앞으로도 가능하지 않은 듯하다. 임신 중에 15킬로그램 정도 늘어났던 체중은 결국 마지막 6킬로그램이 쉽게 빠지지 않았다. 몸의 마디마디도 커져서 당장 몸에 끼는 옷들을 입는 것은 불가능했다. 그러니 거울도 잘 보지 않았다. 그런 내 모습을 보고 싶지 않았다. 집 밖으로 나가기는 점점 더 싫어지고 피폐해져가는 정신을 야식과 캔맥주로 푸니 달라진 몸은 돌아오지 않고 마음만 더 답답해졌다.

그래도 이렇게 미리 알고 있는 것들이 있으니 이 모든 것들을 다시 한번 겪는다면 그때보다는 덜 민감하게 반응할 수도 있겠다. 나름의 요령들도 생겼을 테니 훨씬 덜 힘들 수도 있다. 하지만 두 번째 임신과 출산 후

찾아올 신체의 변화와 노화에는 가속도가 붙을 것이 분명하다. 그때보다 몇 살이나 더 나이를 먹었으니까. 시작의 조건부터 다르다. 축난 몸이 회복되는 시간도 훨씬 더 많이 필요할 것이다. 아주 자연스러운 일이다.

몇 개월이 또 흘러 아이가 밤에 자는 시간이 조금씩 늘면 엄마인 나도 잘 수 있는 시간이 늘어나겠지만 곧바로 이유식의 시기가 시작될 것이다. 결과물은 잘 모르겠으나 요리해서 뭘 만들어내는 것을 즐기는 나는 당시 모든 이유식을 직접 만들어 먹였다. 아마 두 번째도 그럴 가능성이 높다면 또 아이가 먹고 먹지 않고에 따라 마음이 이리저리 흔들릴지도 모른다. 상대를 아무리 사랑한다고 해도 내가 노력한 것에 대한 보답을 전혀 바라지 않기란 참 쉽지 않다는 것을 그때 경험했다. 재료를 고르는 것에서부터 조리 과정까지 하나하나 신경 써 한참 만들었는데 정작 아이가 잘 먹지 않을 때의 허탈함이란.

나중에 알고 보니 그 또한 증후군 때문이었지만 떠난 아이는 먹는 것으로 내 속을 꽤나 썩였다. 젖도 오래 빨지 못해 모유 수유도 두 달 만에 그만둘 수밖에 없었고 빨리 시작한 이유식도 잘 먹지 않았다. 영유아 검진 때마다 내 가슴은 타들어가는 느낌이었다. 나름대로 열심히 먹이고 키운다고 하고 있는데 아이의 키도 몸무게도 도무지 늘지 않았다.

다시 아이를 낳는다면 이런 일들이 전혀 없을 수도 있다. 잘 먹고 잘 자는 아이가 태어날 수도 있다. 하지만 대부분의 삶이 그렇듯 하나가 수월하면 또 다른 어려움이 있을 것이다. 나는 전과는 다르게 처음 겪는 낯선 상황들을 만나고 당황하고 마음이 쓰이겠다. 물론 몰랐던 기쁨과 보람도 느낄 수 있겠지만 그런 가능성도 인정해야만 한다. 예를 들면 안 먹는 아이도 힘들지만 너무 많이 먹는 아이도 무척 어렵다고 한다. 양쪽 다 건강에 영향이 미칠 수 있으니 부모가 붙잡아줘야만 한다. 무난하고 쉽게 쉽게 가는 것은 적어도 육아에서만큼은 모두에게 공평하게 드물어 보인다. 다 큰 어른들의 삶에서도 마냥 그러기는 힘들지 않은가.

안타깝게도 내가 구체적으로 떠올려볼 수 있는 부분

은 여기까지다. 우리 아이는 떠난 그날까지 결국 혼자 걷지도 제대로 말하지도 못했다. 그런데 아이가 걷고 뛰고 말하기 시작하면 또 다른 차원의 육아가 시작된다고 하더라. 다시 한다면 어쨌든 전보다 나이 든 엄마일 테니 활기차게 움직이는 아이를 하루 종일 따라다니는 일은 체력적으로도 꽤나 만만치 않을 것이다.

아이가 말을 하기 시작하면 처음에는 신기하고 예쁘다가도 어리고 표현이 서툴러서 툭 뱉듯이 하는 말들이 그렇게 마음에 와 꽂힌다더라. 유치한 줄을 알면서도 어느 순간 어린아이와 말씨름을 하고 있는 자신을 발견하면 어이가 없어진다고들 한다. 동시에 예상하지 못했던 순간, 상상하지 못했던 아이의 말과 행동은 놀라움과 감동을 주기도 하겠다. 내 아이가 혹시 천재는 아닐까, 남다른 감수성을 타고 태어난 건가 싶기도 할 테고 말이다. 그런 신비한 교감이 주는 감동으로 나는 다시 육아의 고됨을 견딜 수 있을 것이다. 사랑이라는 것이 대부분 그러하듯이. 어떨 땐 나를 너무 힘들게 하는 것 같아 그 관계 밖으로 당장 도망치고 싶다가도 순간순간

찾아오는 애정과 소중함으로 서로를 견딜 수 있는 힘을
얻게 되니까.

　이렇게 보면 떠나간 아이가 증후군으로 발육이 느려
끝내 걷지도 말하지도 못하고 떠난 것이 참 아쉽기도
하다. 하지만 아이의 그런 모습들까지 보았다면 나는
지금 훨씬 더 슬프고 힘들었을까? 추억할 만한 상황들
이 더 많았을지도 모르니까.

　결국 다시 아이를 낳는다면 과거의 한 시절이 되살아
난 기분일 것이다. 매일 먹이고 씻기고 입히고 돌보는
일들이 꽤 오랫동안 반복될 테니까. 이 반복이 육아를
힘들게 만드는 큰 이유 중 하나지만 그 반복에는 익숙
함도 따라붙을 것이다. 아이가 점점 더 자라면서는 전
혀 겪어보지 못한 상황들도 맞이하게 될 테니 계속해서
힘들지만 신기하고, 미안하지만 기쁜, 여러 가지 상충되
는 감정들이 온통 뒤섞인 나날을 보내게 될 것이다. 그
끝에 무엇이 있을지는 겪지 않는 한 알 수 없지만 쉽지
않을 그 과정이 아주 다채로울 것은 분명하다.

내게 남은 삶 역시 언제까지일지는 알 수 없으니 그것을 어떤 색으로 칠해갈지는 내 선택에 따라 달라질 것이다. 그것은 이제 더 이상 당연한 것이 될 수는 없고 모두가 모든 경험을 다 할 수도 없다.

결국에는
내가 나를 지켜야 한다

과거에 비해 인간의 평균 수명이 길어졌다고 한다. 현재의 사회 제도는 이제 막 이러한 상황을 파악하고 대처하기 시작한 것 같다. 그래서 주변을 둘러봐도 건강히 지낼 수 있는 노년의 시간이 길어진 것이지 왕성한 사회 활동에서 어느 정도 물러나는 노년의 시작이 뒤로 밀린 것 같지는 않다. 나이 든 상태로 전보다 오래 살게 되는 것이다. 고령화 사회라는 말과도 연결해볼 수 있다.

　그러니 내가 다시 아이를 낳는다면 키우던 아이가 성인이 되어 독립을 하고 엄마의 역할을 어느 정도 다 했을 때도 생각해야 할 것이다. 지금의 우리 부모님들을 보아도 남은 인생이 생각보다 길 수도 있다. 자식의 봉양을 기대하기에는 이미 각자 살아남기도 버거운 세상이 되었다.

더구나 날로 발전하는 기술로 세상이 변화하는 속도도 점차 빨라지고 있다. 삶은 원래 늘 예상할 수 없는 것이지만 앞으로 더욱 그러기 어려워질 수 있다는 얘기다. 그러니 나중 일은 나중에 생각하자고 마냥 미룰 수도 없다. 엄마인 동안에도 아이뿐 아니라 나 자신을, 그 누가 아닌 내가 스스로 지키는 길에 대해서도 고민해야 할 것이다. 생존의 문제이기도 하니까. 결국 목숨이 다하는 날까지 나의 인생은 내가 스스로 헤쳐나가야만 한다. 그런 단단한 마음이 오히려 두려움을 밀어내고 자유로움을 가져다준다. 선택에도 도움이 될 것이다.

떠난 아이를 낳고 키울 때도 엄마라는 가족 구성원으로서의 역할을 다하면서도 앞으로 하고 싶은, 또 해야 하는 내 일에 대한 고민도 계속했다. 앞서도 말했듯 20대 초반부터 10년이 훨씬 넘게 해온 일들을 접고 전직을 준비하던 시기에 갑자기 닥친 임신과 출산, 육아는 또 다른 무엇인가를 새로 시작하기는커녕 준비하기도 어렵게 만들었던 것이 사실이다.

현재의 나는 결국 작가가 되었으니 일단 그때 원했던 전직은 끝낸 셈이다. 그런데 책을 쓰는 작가가 다른 것 말고 인세만으로 먹고살 수 있을 정도가 되려면 적어도 열 권은 내야 한다는 계산이 나온다. 그렇다면 당장 다시 아이를 낳고 틈틈이 써낸다고 해도 환갑은 훌쩍 넘길 것이고 칠순 전에는 가능할까 싶기도 하다. 처음부터 꿈에 직진하지 못했고 한참을 돌고 돈 탓에 나에게 주어진 시간은 그리 넉넉하지 않다. 끝내 자리를 잡지 못하고 끝날 수도 있다. 하지만 스스로 선택한 길이라면 그 과정은 남고 후회는 적을 것이다.

육아와 다른 일을 병행하기 위해서는 어쩔 수 없이 그 시간 동안 엄마인 나 말고 아이를 보살필 사람이 필요하다. 함께 사는 유군은 전에도 지금도 작가로서 글을 쓰면서 회사에 다니고 있으니 평일에는 주로 출근, 주말에는 원고를 쓰거나 행사 등 관련된 일을 해야 한다. 그는 로봇이 아니니 틈틈이 쉬어줘야 하는 시간까지 포함하면 그가 아이를 보고 내가 글을 쓸 수 있는 시간은 현재의 10분의 1도 안 될 것이다. 일을 양껏 할 수 없다는 것은 감수한다 하더라도 어쨌든 절대적인 시간이 지금보다 부족하다. 냉정해 보여도 어쩔 수 없다. 하루는 모두에게 공평하게 스물네 시간이니까.

작업 시간을 좀 더 길게 확보할 수 있는 다른 방법은 매일 일정 시간 아이를 집 주변 기관에 맡기는 것이다. 첫째가 돌이 지났을 때 공모전에 응모할 원고를 쓰기 위해 집 바로 아래 1층 어린이집에 오전에만 네 시간씩 아이를 맡겼다. 하지만 그 시간에도 당장 해치워야 하는 집안일들이 쌓여 있어 정작 내 일에 집중하기 힘들었다. 다른 워킹맘들도 그러할 테니 어찌어찌 극복해보려고 했는데 문제는 아이가 아플 때였다. 아이가 아프면 어린이집에 보낼 수 없으니 모든 계획은 무기한 미뤄졌다. 무엇보다도 아픈 아이를 밤새 돌보다 보면 마음이 크게 흔들렸다. 내가 무슨 대단한 일을 하겠다고 이러고 있나 싶고, 잠깐 동안 밖에 맡긴 그 시간 때문에 우리 아이가 이렇게 아픈 것은 아닐까 죄책감이 들었다.

아이가 떠난 후에도 그 시간들이 가장 뼈아프게 후회

됐다. 이럴 줄 알았으면 작가고 뭐고 단 한순간이라도 더 많이 함께했어야 했다는 생각이 들었다. 그러니 만약 같은 상황이 거듭 찾아온다면 나는 이전보다 몇 배는 더 흔들릴 것이다. 어쩌면 아이를 어린이집에 보내는 것부터 쉽지 않을지도 모른다. 첫째를 잃고 생긴 이 거대한 불안부터 애써 외면해야 할 테니까. 그렇다고 아이를 키우는 데만 모든 것을 집중하기에는 이미 이것저것 시작이 늦어버린 엄마다.

이 길 저 길도 쉽지 않다면 다른 가능한 방법은 결국 아쉬울 때 찾게 되는 나의 엄마다. 이미 환갑이 훌쩍 넘은 엄마에게 다시 내 어린아이를 돌봐달라고 부탁하는 것이다. 마음만 먹으면 가능은 하다. 나의 엄마는 심지어 그날을 손꼽아 기다리고 있기 때문이다.

내가 결혼하기 전까지만 해도 엄마는 이렇게 말했다.

"나는 이제 다시는 애 못 본다. 대신 니가 봐줄 사람을 구하면 가끔 가서 그 사람 잘하나 못하나는 봐줄게."

내가 미리 무슨 말을 했던 것도 아니었다. 심지어 육아는커녕 결혼에 대한 아무 계획도 없던 때부터 잊을 만하면 엄마가 먼저 얘기를 꺼내셨다. 그만큼 요샛말로 황혼 육아라는 것에 대한 부담과 두려움이 크셨던 것 같다. 맞벌이 부부의 경우 조부모가 손주를 도맡아 보는 경우가 워낙 많으니 말이다.

그런데 막상 자신의 첫 손주가 이 세상에 나타난 순간 엄마는 전혀 다른 반응을 보이셨다. 이제 할머니가 된 엄마는 태어난 아이에게 단숨에 반해버리고 만 것이다. 게다가 그 마음은 시간이 지나면 지날수록 더욱 깊어지는 모양새였다. 심지어 당신이 보고 싶을 때는 내 사정과는 전혀 상관없이 언제든 우리 집으로 달려오는 하나뿐인 손주의 열렬한 팬이 되었다. 그래서 지금도 엄마는 애타게 그날들을 되찾기를 기다리고 있다. 둘째 손주가 생긴다면 그 아이는 첫째와 꼭 닮았으면 좋겠다는 말도 스스럼없이 하신다.

문제는 예전이나 지금이나 나는 이 경우의 수가 가장 부담스럽게 느껴진다는 것이다. 어떤 분들은 이런 내 마음이 이해가 되지 않을 수도 있다. 하지만 한 번 더 부모님께 의지해야만 한다면 차라리 커리어를 포기하거나 엄마가 되기를 포기하는 게 더 낫겠다는 생각마저 든다. 첫째를 키울 때 전후 상황이 어쨌든 엄마 아빠가 집으로 달려오시면 숨을 좀 돌릴 수 있었던 것이 사실이다. 하지만 그때마다 내 마음은 전혀 편하지 않았다. 부모님은 일생을 나와 형제들을 키우느라 애를 썼고 지금도 돌봄이 다 끝나지 않은 것 같은데 왜 그 자식의 자식의 육아에까지 동원되어야 하는지 스스로 받아들이기가 힘들었고 지금도 잘 모르겠다. 그렇다고 우리 부모님이 현재 나이가 들어 할 일이 없어 가만히 계신 것도 아니다. 아직까지도 당신들의 생계를 위한 일을 하고 계신다. 그런 부모님을 책임지기는커녕 우리 자식들은 아직 자기 앞가림하기에도 바쁘다.

또한 분명 새 가정을 꾸려 집에서 독립해서 나온 것인데 갑자기 이도 저도 아닌 어정쩡한 상태가 된 것도 이상했다. 엄마는 손주를 보러 올 때 그냥 오시지도 않았다. 반찬이나 먹을 것들이 늘 양손에 한가득이었다. 딸의 집에 와서도 손자가 자는 사이에 요리를 하고 깨면 놀아주고 씻기고 입히다 다시 당신의 집으로 돌아가서는 아들 둘과 배우자의 끼니와 집안일을 챙기셨다. 두 집 살림도 아니고, 이게 뭐 하는 건가 싶었다.

나도 받는 것이 있으니 그 대가로 감수해야 하는 일들도 있었다. 특히 내 아이의 육아조차도 온전히 내 방식으로 하지 못할 때는 너무 답답했다. 엄마에게 도움을 받으면서도 싫은 소리를 해야 한다는 것이 혼란스러웠다. 그럼에도 불구하고 아닌 것은 아닐 때가 생겼다. 엄마가 우리를 키우던 시대와 지금은 너무나 많은 것들이 달라졌다. 그 방식에 늘 고분고분할 수는 없는 노릇이었다.

이런 부담감들까지 모두 감수하면서 씩씩하게 살아가는 엄마들도 많다. 하지만 나는 아무래도 많이 부족한 사람인가 보다. 아예 아무것도 모르던 처음에는 생각 없이 덤비는 패기라도 있었다. 삶이라는 것이 원래 한 가지 역할만 하고 살 수는 없는 것이고, 매 순간 동시에 이것저것을 해결하며 사는 게 처음도 아니면서 지금은 그것을 다시 반복하기가 이렇게 힘들어지고 말았다. 이래저래 내 마음이 다시 불편해지는 게 싫은 것일 수도 있다. 지금은 그런 것들에서는 벗어난 것이 분명하니까.

그럼 이왕 여기까지 고민하고 얘기한 거 더 냉정해져 보겠다. 어쨌든 내가 아이를 다시 낳는다고 가정하고, 그럼에도 불구하고 육체도 정신도 되도록 빨리 회복하면서, 이미 나이 드신 부모님에게 육아와 관련되어 손 벌리지 않고, 나의 경력도 보다 발전적으로 쌓아나갈 수 있는 방법이 있기는 있다. 그것은 생각보다 명쾌할 수도 있는데, 앞으로도 아니고 바로 지금 현재, 돈이 넉넉하게 많으면 된다.

이 모든 현실적인 한계들은 사실 완전히는 아니더라도 상당 부분 돈으로 해결할 수 있다. 돈이 있으면 각종 분야의 수많은 전문가들에게 그에 맞는 비용을 지불하고 도움을 요청할 수 있다. 나보다 더 아이를 능숙하게 봐주고 집안일도 해주고 심지어 임신으로 변하고 무리한 몸을 자신의 기술이나 기계로 빠른 시간 안에 이전과 비슷하게 되돌려주는 일을 직업으로 가진 분들이 세상에는 많이 있다. 물론 그런 분들을 구하고 함께 지내는 것은 또 다른 문제지만, 일단 안타깝게도 나와 유군은 그 모든 분들에게 도움을 받을 수 있을 정도로 돈을 벌고 있지 못하다. 당장 내년에라도 아이를 다시 가지고 낳게 된 후 어찌어찌 계속 글을 쓰더라도 그것들이 그 즉시 수입을 내주는 것도 아니다. 결국 한동안은 직장에 다니고 있는 유군의 벌이에 크게 의지하며 살아야 한다.

나는 인생에서 돈이 전부가 아니라고 분명하게 말할 수 있다. 돈으로 해결이 안 되는 일들도 세상에는 무수히 많다. 하지만 자본주의 사회에서 돈이 많으면 정신적으로든 육체적으로든 좀 더 여유 있게 살아갈 수 있다는 것도 피할 수 없는 사실이다. 생물학적으로 가능하고 지금 당장 돈이 많다면 둘도 셋도 낳아 키울 수 있다는 세상의 말을 완전히 부인하기 어렵다. 모든 아이들은 자기 밥숟가락은 자기가 가지고 태어나니 낳아만 놓으면 어떻게든 큰다는 옛말을 지금 같은 시대에 온전히 받아들일 수 있는 건지 의심이 든다.

이렇게까지 생각해보는 것에 대해 누군가는 '인생

이 그런 거지 뭐' '다 그렇게 사는 거야' '어떻게든 된다' '뭘 그렇게까지 미리 걱정해'라고 말할 수 있다. 그런 말들을 전적으로 부인하는 것은 아니다. 나도 만약 지금까지 아이를 계속 키우고 있었다면 '그래. 다 그렇지 뭐' 하면서 하루하루 힘을 내어 살아갔을 것이다. 하지만 이제는 그것만으로는 쉽지 않다. 잠시나마 아이를 낳고 키우며 알고 느껴버린 것들을 다 없었던 일로 하고 처음인 것처럼 살아갈 수는 없다. 의학적으로도 완전히는 사라질 수 없고 다만 아무 때나 함부로 튀어나오지 않도록 마음속 깊이 넣어두고 살아야 한다는, 영영 씻을 수 없는 참척의 상처를 가지고도 앞으로 평생 살아나가기 위해서는 이제 전보다 더욱더 깊이 고민하고 선택해야 한다.

아직도 내 마음의 한쪽은 여전히 슬픔과 후회, 그리움 같은 것들로 가득 차 있으니 나처럼 멈추는 일 없이 본인들이 선택한 삶을 쭉 살아가고 있는 다른 엄마들이 진정으로 부럽기도 하다. 이 모든 마음들이 다 진심이라서 문제다.

끊임없이
흔들릴 것이다

DINK. Double Income No Kids. 결혼은 했지만 아이를 낳지 않는 맞벌이 부부.

딩크족(DINK族)이라는 단어는 고등학생이었던 시절 영어 학원에서 수능 대비 문제를 풀다 어떤 지문 안에서 처음 보았다. 그때의 나는 '음, Income은 수입, Kids는 아이, 그러니까 수입 두 배, 아이 없음'이라고 생각했을 뿐이었다. 그 말이 지닌 사회적 의미는 실감하지 못했다. 당장 우리 집만 해도 그랬고 주변을 둘러보아도 부모와 자식으로 이루어진 가족 관계들뿐이었다. 하지만 이제 이 단어로 현재의 내 상황을 설명할 수 있게 되었다. 그러면서 다양한 가족의 형태들에 대해서도 이해하게 되었다.

사실 나는 결혼을 결심했을 때 이른바 가족 계획은

전혀 세우지 못했다. 내 인생을 정리하는 것부터 필요했다. 직전까지 몇 년간 해오던 국공립 교원 임용 시험 응시는 할 만큼 했다는 생각에 그만뒀다. 30년 넘게 같이 살던 가족들과도 헤어져 어떤 한 사람과 생전 모르던 동네에서 단둘이 살게 되었으니 적응 기간도 필요했다. 아이를 가지고 낳고 하는 것은 그다음의 일이었다. 우리는 당장의 생계를 위한 일과 앞으로 좀 더 하고 싶은 일들을 주어지는 대로 하며 지냈다. 만약 갑자기 아이가 생기지 않았다면 그렇게 좀 더 오래 딩크족으로 지냈을 가능성이 높다.

나와 유군은 구체적인 계획에 대한 고민을 뒤로 미뤘을 뿐 언젠가는 아이를 낳을 수도 있겠다는 생각을 어렴풋하게라도 했었다. 하지만 다시 두 방향을 앞에 두고 한참을 고민하다 보니 애초부터 한쪽 길은 접고 시작한 사람들이 새삼 달리 보였다. 어쩌다 이렇게 된 우리와는 달리 진작부터 둘이서만 살기로 결정한 사람들의 마음이 궁금했다. 어떤 이유로 그럴 수 있었는지 찬찬히 둘러보고 또 물어보았다.

우선 내 주위에 있는 그들의 선택과 사례 들에 공통적으로 영향을 미친 것은 바로 돈이었다. 가정을 꾸리고 난 후 한 명의 아이를 낳고 키울 수 있을 만큼의 돈이란 과연 얼마일까. 절대적인 기준은 없어 보인다. 각자의 상황과 생각에 따라 달라질 수 있을 것이다. 다만 비용이 가장 많이 드는 부분은 거의 확실하다. 바로 집이다. 월세든 전세든 자가든 그래서 얼마든 몇 평이든 어떤 형태든 같이 살기 위해서는 집이 필요하다.

교원 임용 고시생에 비정규직 근로자였던 나와는 달리 유군은 이미 한 회사의 정규직 사원이었으므로 살 지역을 정하는 것은 어렵지 않았다. 당장 정해진 곳으로 매일 출퇴근을 해야 하는 유군의 회사 근처로 집을 구하면 되었다. 회사는 경기도 파주에 있고 당시 유군은 면허도 차도 없었지만 회사 통근 버스가 있었기 때문에 그곳에서 너무 멀지 않은 근처 고양시 일산 지역의 집들을 찾아보았다. 최종적으로 가지고 있던 돈에 2천만 원 정도를 대출해 보태서 20평대 초반의 아파트를 전세로 구했다. 이후에는 유군의 월급은 생활비로 쓰고 새로 구한 내 일의 월급은 모두 저축해 전세 기간이 끝나는 2년 안에 대출금을 다 갚을 수 있었다. 둘이서만 살았기 때문에 가능했다. 당장 우리가 부양해야만 하는 누군가가 더 있었다면 처음의 빚을 더 안고 갈 수밖에는 없었을 것이다.

살던 집의 전세 가격이 계약 기간이 끝날 무렵 또 올랐다. 하지만 그때는 대출을 받지 않고 그냥 있는 돈에 맞춰 전셋집을 다시 구했다. 아이가 태어났고 당분간 나는 육아만 해야 했으니 우리는 맞벌이에서 외벌이 가족이 되어서 굳이 빚을 내 압박을 받고 싶지 않았다. 그리고 아이가 자랄 때마다 상황은 또 달라질 테니 지금 바로 집을 사기에는 섣부르다 싶기도 했다. 돌이켜보면 그나마 우리가 서울에 살지 않았기 때문에 빚 없이도 수습이 가능했다. 서울의 집값은 타 지역들과 상황이 또 달랐다. 우리 집과 같은 평수에 비슷한 준공연도를 가지고 있어도 가격은 적어도 두 배 이상 차이 났다. 전세난도 서울이 훨씬 더 심각했었다.

타고난 부가 없으면 주거 문제를 해결하는 것부터 쉽

지 않은 사회니 결혼을 했어도 아이를 가질 엄두를 내지 못하는 사람들도 생기는 것이다. 빚이 선택이 아닌 필수가 되어버리고 또 갚아나가고 있는 것이 아니라 갈수록 불어나는 눈덩이처럼 느껴진다면 당장에 해결해야 하는 문제가 아닐지라도 현재의 삶에 영향을 끼칠 수밖에 없다. '앞으로 평생 열심히 일해서 차근차근 갚아나가면 되지' 하며 살 수도 있겠지만 '아이 없이 사는 지금도 이렇게 쉽지 않은데 여기에 식구가 더 생겨 부담을 더하는 것이 맞을까'라는 걱정도 충분히 할 수 있는 것이다.

이는 우리의 삶이 분명 우리 각자의 것이면서도 어쩔 수 없이 이 사회의 영향 아래에 있다는 것을 보여준다. 한국에서는 집이 생활의 기본 요소만이 아닌 중요한 재산이 될 수도 있다. 그런 분위기로 인해 모두의 주거비 부담이 이토록 높아졌다는 사실을 대다수가 알고 있을 것이다. 다만 이런 구조를 굳이 바꾸려고 노력하지 않을 뿐이다. 어떨 땐 모두 나만 아니면 된다고 애써 모르는 척하는 것도 같다. 내가, 또 내 가족이 조금이라도 편하게 사는 것이 더 중요하니까. 그러려고 이미 들인 공도 꽤 크니까. 더 부자로 살고 싶은 욕심도 자꾸 나니까.

그러는 사이 어느 한쪽에서는 지금뿐만 아니라 앞으로도 아이를 낳고 키우는 것이 쉽지 않겠다고 생각하는 사람들이 생겼다. 그런 이유로 이제는 결혼조차 고려하지 않는 이들도 있다. 그러니 적어도 그런 그들의 생각이 잘못된 것이라고 함부로 평가하지는 말자. 이런 상황과 조건임에도 불구하고 계속 살아남기 위한 선택일 테니까.

이뿐만이 아니다. 아이를 낳지 않겠다는 딩크족의 선택에 영향을 준 우리 사회의 특징적인 구조가 또 있다. 바로 입시 중심 교육이다. 한국의 국가 교육 제도는 마치 수능 날 하루를 위해 짜인 것처럼 보인다고 해도 과언이 아니다. 주변의 어떤 딩크족들은 아이가 성인이 될 때까지 심지어 그 이후에도 계속 들어가는 교육비 등을 감당하며 몇십 년을 살아가는 삶은 과연 어떨까 싶다고 한다. 생각만 해도 부담될 것 같다고.

의무 교육 외에 개인이 시간과 돈을 들여 받는 사교육의 규모를 쉽게 체감할 수 있는 곳들이 있다. 바로 지역 곳곳 학원가들이다. 주말마다 전국에서 학생들과, 그들을 데려다주고 식사를 챙기고 도로 데리고 가는 부모들이 모인다는 서울 강남의 대치동까지 가지 않더라도 동네마다 각종 학원들이 몰려 있는 거리가 따로 있을 정도다. 상당수의 부모들은 아이가 유아기를 지나면서부터는 앞으로 어떤 곳에 몇 군데에 아이를 맡기고 돈을 지불할지 본격적인 고민을 시작한다. 심지어 학원에 들어가기도 전에 일명 레벨 테스트를 보는 곳들도 많다. 사교육을 받기 위해 또 시험을 보는 것이다. 그 시험을 잘 보기 위해 과외를 하기도 한다.

교육을 받는 당사자인 아이마다의 특성도 다르겠지만 각 가정의 재정 형편도 다르니 아무리 사교육 시장에 공급이 많다고 하더라도 선택에는 제한이 있다. 내가 가진 현실적인 조건에 맞춰 좀 아쉬워도 단호히 결정할 수 있으면 참 좋겠지만 부모에게 자식이란 그렇게만 여길 수 있는 존재는 아니다. 언제나 가능하면 최고로 해주고 싶은 마음이다. 그래서 어떤 경우 부모 자신의 현재와 혹은 노후에 대해서는 전혀 생각하지 않고 당장의 아이 교육을 위해 엄청난 무리를 하기도 한다.

이 또한 사랑하는 자식을 위해 잠시 견디는 것이라고 생각할 수도 있겠지만 어느 누구에게는 너무나 긴 고통의 시간으로 보일 수도 있는 것이다. 부모뿐만 아니라 아이에게도. 아침부터 잠들 때까지 학교, 학원, 심지어 집에서도 경쟁을 위한 준비를 하며 오랜 시간을 보내는 것이 과연 맞을까 싶은 것이다. 본인이 자란 과거에도 그랬지만 지금도 별로 달라진 것 같지 않은, 오히려 더 심해진 듯한 분위기 속에서 내 자식을 낳아 또 그런 삶의 방식으로 밀어넣는 것이 올바른 일인지 의심이 들 수도 있다. 그러한 이유로 도저히 아이를 낳고 싶지 않을 수도 있는 것이다.

나만 해도 아이를 다시 낳아 키운다면 이런 우리 사회의 교육 구조와 제도에 전혀 연연하지 않고 키울 자신은 없다. 나조차도 10대의 대부분을 입시에 목표를 두고 자랐고 심지어 성인이 된 후에도 각종 시험을 위한 시간을 보냈다. 그랬는데 과연 내 자식은 완전히 다르게 키울 수 있을까. 그것은 삶의 상당 부분을 헐어 다시 알고 배우고 중심을 세워야 가능한 도전일 것이다.

또 부모인 나에게 그런 의지가 있어도 자식은 생각이 다를 수도 있다. '대학 가기 싫으면 꼭 안 가도 돼' '공부하기 싫으면 하지 마' '원래 뭐든 힘드니까 그냥 네가 하고 싶은 일을 찾아봐'라고 말해준다고 해도 '나도 그냥 친구들처럼 학원 다닐래' '다른 애들도 다 하는데 불안해'라고 할 수도 있는 것이다. 아무리 나에게는 늘 어린 자식일지라도 결국에는 본인의 의지에 따라 살게 될 것이고 또 그래야만 한다. 부모는 그저 지켜보고 가능한 만큼 도울 수밖에 없는 존재이니 어떤 상황이 펼쳐지게 될지는 섣불리 예측할 수 없다.

딩크족의 길을 선택한 결정적인 이유가 꼭 이 사회의 어떤 지배적인 조건만은 아닌 경우도 있다. 개인적인 이유들로 자식을 낳고 키우는 것 자체가 두려워서라든지 아니면 부부 사이의 관계에 좀 더 집중하는 삶을 살아보겠다든지 하는 등의 이유들이다. 어떤 쪽이든 그 이유란 대개 복합적이겠다.

전통적인 가치관에 바탕을 둔 가족의 형태를 당연하게 받아들이고 살아온 혹은 앞으로 그렇게 살고자 하는 사람들이 보기에는 이런 이들이 좀 낯설어 보일 수도 있다. 어떤 기성세대들은 '요새 애들은 어쩜 자기들밖에 모른다'는 요지의 말로 납작하게 뭉뚱그려 비판하기도 한다. 그들은 개개인의 형편과 상황, 다양한 생각과 가치관에는 큰 관심이 없어 보인다.

내가 이런저런 고민을 하다 '그냥 자식을 낳지 않고 둘이 벌어 둘이 쓰고 살면 어떨까?'라고 얘기했을 때 가장 격했던 반응들도 이런 것들이었다. '너는 왜 너의 부모에게 지금까지 다 받으며 자라서는 이제 와 입을 슥 닦으려고 하느냐. 부모님께 받았으면 아래로 갚아야지. 그게 삶이다'라거나 '네가 뭔데 남의 집의 대를 끊어놓으려고 하느냐. 그러려면 애초에 결혼을 하지 말았어야지. 일단 결혼했으면 아이를 낳고 의무를 다해야지'라는 것이었다. 한마디로 지금 내가 아주 이기적이라는 지적이었다.

　처음에는 그렇게 생각할 수도 있겠다 싶었다. 왜냐하면 나 역시 그런 가치관을 가진 부모 밑에서 태어나 그들의 희생을 받고 자랐으니까. 또 어느 정도 그럴 각오를 하고 결혼을 했기 때문이다. 하지만 아무리 생각해도 납득이 가지 않는 부분은 바로 이런 지적들의 전제다. 아이를 낳지 않겠다는 선택을 마치 그들의 부모나 아직 있지도 않은 자식에게 피해를 끼치려는 의도로 보는 것이다.

　자식을 가지고 낳아 기른 것은 결국 그 사람들이다. 그러한 삶이 전적으로 그들만의 의지는 아니었고 어떤 상황이나 환경이 영향을 줬다고 해도 모든 것은 본인이 한 선택이 불러온 결과다. 그런데 부모 덕분에 이 세상에 태어났고 그래서 지금까지 살았고 그것은 감사한 일이니 누구라도 예외 없이 다시 아이를 낳고 키워야 한다는 것은 아무리 봐도 자신들의 삶의 방식을 다른 이에게 강요하는 것으로 보인다. 모두 다 그래야만 그동안 자신들의 삶이 인정받고 보상받는 길이라고도 여기는 것 같다. 그렇다면 여기서 누가 더 이기적인 것일까.

　그러니 현재의 나에게도 그러한 말들은 그다지 설득력 있게 들리지 않는다. 과거에 나는 좀 석연치 않아도 받아들여보려고 했다. 그래서 계획에는 없었어도 아이가 갑자기 생겼을 때 누군가는 그토록 원하던 상황이겠지 싶어 감사하는 마음도 가졌다. 출산 후에는 답답하고 힘들었지만 하루하루 참아냈고 앞으로 열심히 살아보겠다는 의지도 다졌다. 하지만 이제는 모든 과정이 전과는 달리 보이는 지금이 나에게도 전혀 쉽지가 않다. 여전히 아이를 낳고 키우는 것이 당연하다는 생각이 들면 이렇게 오랫동안 고민할 필요도 없을 테니까.

　그래서 지금의 나에게는 그러한 지적들보다는 차라리 '우리 모두 결국 혼자서 살아갈 수는 없으니 되도록 함께, 좋게 좋게 사는 게 더 낫지 않겠냐'는 식의 말들이 더 마음을 흔든다. 그런 말들이 더 감정적이고 대충 능치는 것이고 또 매우 비이성적인 주장이라고 해도 그렇다. '지금 네 곁의 사랑하는 사람들이 그걸 더 바라잖아.

되도록 그들과 잘 어울려 사는 게 더 낫지 않겠어'라는 말들이 무슨 의무를 다하라는 말들보다 더 깊은 고민에 빠지게 만든다.

아마도 나만 그렇지는 않을 것이라고 생각한다. 처음부터 용감하게 선택해 현재 딩크족으로 살고 있는 이들도 매번 매 순간이 자유로울 수는 없을 것이다. 현실적으로 이것저것 모두 다 할 수 없으니 선택을 해야만 했을 것이고, 포기한 부분은 감수한 것일 테니 말이다. 나도 어떤 결론을 내린다고 해도 거기서 끝일 수 없을 것이다. 끊임없이 흔들리고 다잡고를 반복할 것이다. 그런 모습이 벌써부터 머릿속에 그려진다. 그래서 어쩌면 이 고민은 내가 생물학적으로 아이를 완전히 가지지 못하게 되는 그날까지 계속 이어질지도 모르겠다.

평생 안고 가야 할
삶의 조건이 생겼다

사랑하는 마음을 가지고 관계를 맺고 함께 살아가는
것에는 어떤 대상이든 노력이 필요했다. 최대한 힘들이
고 싶지 않다고 해도 이미 시작부터 그랬다. 알 수 없는
또 다른 세계를 내 삶 안으로 끌어들이는 것이니까. 오
래 함께하기 위해서는 많든 적든 나의 일부를 쭉 할애
하는 수밖에는 없었다.

　　지금 나와 함께 살고 있는 유일한 가족인 유군과도
당연히 그랬다. 처음에는 단지 회사에서 팀을 이루는
동료였지만 1년 후에는 개인 시간도 함께 나누는 연인
이 되었다. 그로부터 몇 년 뒤에는 아예 같이 살기로 결
정했다. 결혼이라는 제도와 그에 따르는 절차나 격식도
감수하면서 말이다. 그런 방식으로 약속했고 서로를 보
호하겠다는 의지를 드러냈다.

하지만 거기서 끝이 아니었다. 우리라는 관계에 또 다른 관계들이 추가되면서 상황은 달라졌다. 상대의 가족들 또 지인들, 사회에서 살아가면서 크고 작게 각자가 관계 맺게 되는 사람들, 내 쪽 네 쪽 아무리 선을 긋는다고 해도 함께 사는 이상 서로에게 영향을 줄 수밖에는 없었다. 나와 사는 너 외에는 최대한 느슨하게 연결되겠다고 마음먹어도 연결은 연결이었다. 그러다 보니 삶의 형태가 결혼 전보다 점점 더 복잡해졌다. 한정된 시간과 에너지를 나눠 써야 할 상황은 늘어났다.

여기까지는 그래도 감당할 만했다. 어쩌다 그로 인한 갈등이 찾아와도 해결할 만했다. 한 명의 개인으로서 또 이 사회의 구성원으로서 살아내느라 바쁜 와중에도 여전히 함께 살기를 유지하기 위한 대화와 타협이 가능했다. 그런데 어느 날 갑자기 서로의 유전자가 하나로 결합된 새로운 생명체의 등장은 그 어떤 관계의 확장과도 차원이 달랐다. 이제는 서로가 서로를 위해서가 아니라 우리가 함께 한 생명을 위해 노력해야만 했다. 어떤 순간에도 절대적으로 사랑하고 보호해서 이 세상에 계속 살아남게 해야만 했다. 지나고 보니 그것은 참으로 큰 책임의 과정이었다.

생각지도 못한 변화도 있었다. 우리는 여전히 함께였고 함께인 삶에 충실하고 있었지만 정작 이 모든 것의 시작이었던 서로의 거리는 조금씩 멀어지고 있었다. 원래 있던 사랑이 갑자기 사라져버린 것은 아니었다. 문제는 그것을 확인할 수가 없었다. 육아를 시작하면서 얼굴 한번 맞대기도 쉽지 않으니 전처럼 깊은 이야기를 나누는 시간은 점점 더 줄어들었다.

그때 나는 처음으로 우리 관계에 위기감을 느꼈다.

'아, 이런 것이었구나. 이런 시간이 길어지면 전에는 그토록 친밀했던 사이도 둘만 있으면 어색할 정도로 데면데면해질 수 있는 것이었구나.'

예전에는 들어도 잘 이해되지 않았던 연애와 결혼, 연인과 부부 사이의 차이가 그제야 무슨 말인지 알 것 같았다. 단순히 사랑의 유효기간이 어쩌고 하는 이유 때문이 아니었다. 시간이 흐르면서 각자의 위치가 달라지고 역할이 늘어나고 어떤 대상에 대한 공동의 책임이 커지고, 그런 것들을 모두 외면하지 않으려 노력하다 보니 정작 둘 사이를 신경 쓸 여력은 부족해졌다.

그러다 우리는 순식간에 원점으로 돌아왔다. 다시 누구의 엄마 아빠가 아닌 같이 사는 남녀 간이 되었다. 그러자 서로 멀어지고 있는 것 같다는 그때의 그 위기감과는 비교할 수조차 없는 진짜 위기가 찾아왔다. 때로는 너무 버거워서 고통으로까지 느껴지기도 했던 부모라는 역할을 강제로 박탈당하자 과연 이걸 내가 앞으로 감당해낼 수 있을까 싶은 거대한 상실감이 밀려왔다. 이보다 더할 수는 없을 것임이 분명한 극한의 감정은 여전히 가장 가까이에 있으면서 이 말도 안 되는 상황을 누구보다 잘 알고 있는 서로를 보듬기는커녕 서로 할퀴기 바쁘게 만들었다. 이성은 이미 사라지고 없었다. 그렇지 않았다면 그것도 정말 이상한 일이었을 것이다.

어찌할 바를 모르면서 각자가 입은 상처에다 서로가 서로에게 또 상처를 내는 일들이 반복되다 보니 당연히 이렇게 살 바에는 다 끝내는 것이 맞지 않나 싶기도 했다. 하지만 우리는 이제 그만 헤어지자는 말은 단 한 번도 하지 않았다. 왜냐하면 누구든 그 말을 입 밖으로 꺼내는 순간 그때는 정말 그렇게 될 것이 분명했기 때문이다. 홧김에 그랬다는 말 따위로는 절대 수습할 수 없었을 것이다. 그 정도로 서로를 배려할 여유가 조금도 없다는 것을 둘 다 알고 있었다. 후회와 죄책감은 차고 넘쳤으니 더 이상 후회할 짓을 해서도 안 됐다. 그러지 않기 위해서 우리는 온갖 수단들을 다 동원하여 끝까지 견디고 견뎠다.

그러자 놀랍게도 어느 순간 서로의 모습이 다시 눈에 들어왔다. 그와 동시에 어찌할 바를 몰라 몸부림쳤던 각자의 모습도 보였다. 이제는 무슨 짓을 해도 예전으로 돌아갈 수 없다는 사실을 받아들이게 되었다. 그 과정에서 알게 된 도무지 이해하기 힘든 서로의 모습들도 그저 받아들였다. 지금 너는 나에게 잘못하고 있는 거라고 억울해하고 원망도 했었지만 가만히 들여다보니 그것은 누구의 잘못도 아니었다. 그러니 이제는 더 이상 서로에게 뭔가를 강요하지 않는다.

이처럼 우리의 관계가 다시 회복된 이후 전과 달라진
나의 삶은 다음과 같다.

　◎ 과거에는 이유식을 만들던 손으로 지금은 유군과
　　의 식사를 준비한다.
　◎ 늘지 않던 아이의 몸무게를 매일 고민했던 내가 이
　　제는 우리의 건강에 신경을 쓴다.
　◎ 하루 종일 아이를 안던 왼쪽 품으로 이제 다시 그를
　　꼭 껴안는다.
　◎ 무엇을 키우느라 정신없이 보냈던 하루를 지금은
　　생각과 글쓰기로 채운다.

　그러니 내가 다시는 아이를 낳지 않는다면, 결국에는
그렇게 되고 만다면, 그때는 아이로 향했던 사랑과 관심
과 에너지와 노력을 이제 다른 데에 쏟을 수 있다. 어떤
것을 하지 않기로 하면 남은 힘으로 다른 것을 할 수 있
다는 사실은 어느 경우에든 마찬가지였다. 그것을 이런
식으로 실감하게 될 줄은 몰랐다. 어느 순간에도 이런

식의 비교를 원한 적은 없다. 하지만 이제는 제대로 깨달아버렸다.

　동시에 나에게는 아마도 평생 안고 가야 할 삶의 조건이 생겼다. 앞으로는 그 어떤 성취도 자유도 기쁨도 이제 완벽하게 누릴 수는 없을 것이다. 그것이 무엇이 되었든 결국에는 우리 아이와 함께하는 삶과 바꾸어 얻은 것일 테니. 결국에는 어떤 선택을 하든 이런 평생의 조건 역시 인정하고 살아야만 한다.

그럼에도
무언가를 기를지도 모른다

"개나 고양이를 키워보는 건 어때?"

다시 유군과 둘이서만 지내는 시간이 길어지자 평소 내가 동물을 예뻐하는 것을 본 지인들이 종종 이런 권유인 듯 아닌 듯한 말을 건넸다. 그때 내 입에서는 너무도 자연스럽게 이런 대답이 나왔다.

"글쎄, 그럴 수 있으면 오히려 아이를 낳으려고 했을 것 같아. 뭐든 다시 기르는 게 힘든 건가 봐."

어떤 질문에 대한 답을 하다 나도 몰랐던 내 상태를 확인할 때가 있는데 이번에도 그랬다. 아이뿐만이 아니었다. 그 어떤 대상이라도 새롭게 가족이 되어 함께할 자신이 아직 없었던 것이다.

무엇이든 길러본 적이 없었을 때는 경험이 없으니 오

히려 생각하기 편했다. 지나가다 어디서든 동물이나 아이를 볼 때 이런 작고 귀여운 존재들과 함께 지내면 어떨까 종종 생각했다. 하지만 막상 겪은 진짜 현실은 혼자만의 상상과는 아주 많이 달랐으니 어쩌면 지금 느끼는 두려움도 당연하다.

이런 깨달음 후 무엇을 기르는 사람들의 모습이 너무나 궁금해 주변을 둘러보았다. 그 대상이 꼭 인간이 아니더라도 참 많았다. 개나 고양이뿐만이 아니었다. 각종 동물들에 요새는 반려 식물을 열심히 기르는 '식집사'라는 말까지 생겼다. 어른뿐만도 아니었다. 아이들도 무엇인가를 자꾸 기르고 싶어했다. 안이 비치는 투명 플라스틱 통 바닥에 곤충용 톱밥과 나무를 깔면 집에서도 풍뎅이를 기를 수 있다. 심지어 그것들이 젤리포를 먹고 자란다는 사실을 친구들의 아이들 덕분에 알게 되었다. 물고기를 너무도 사랑해서 물가를 찾아다니다 못해 집에서 직접 기르는 아이들도 많았다. 아이들 또한 한창 보살핌을 받아야 하는 존재이니 이후 돌봄은 부모의 몫이 되는 경우가 많았지만.

우리에게는 애초부터 그런 마음이 어디에 입력되기라도 한 것일까. 어떤 사람들은 돌 같은 무생물을 기르기도 한다. 그런 경우를 봐도 기르고자 하는 마음을 '인간은 언제나 애착의 대상이 필요하니까'라는 말로는 다 설명하지 못할 것 같다. 왜냐하면 '돌과 함께 산다'가 아니라 굳이 '돌을 기른다'고 표현하기 때문이다.

그러니까 단순히 같이 사는 것만으로는 부족한 것이다. 우리에게는 나 자신이 어떤 대상에게 절대적인 존재가 되기를 원하는 마음이 있는 것 같다. 그것을 무엇이든 기르고자 하는 마음과도 연결할 수 있다. 내가 아니면 안 되는, 내가 없으면 안 되는, 내가 그 대상이나 어떤 상황에 꼭 필요한 그런 존재이기를 바라는 것 같다. 그러니 아이를 기르는 것이 힘들거나 기회가 없다면 동물에게, 또 생물이 어렵다면 무생물에게라도 애정을 주고 싶고 도움을 주고 싶고 보살피는 존재가 되고 싶은 것이다. 그러면서 나라는 존재의 의미 또한 계속 확인될 테니까. 그 대상이 나보다 약할수록 나의 존재감은 더욱더 커질 것이다.

그러니 사람들은 지금의 나에게도 다시 무엇이든 키우기를 권한다. 꽤 오랫동안 그러지 않고 있으니 그들에게는 내가 존재의 이유를 찾지 못하고 그저 살고 있는 것으로도 보일 수 있겠다. 이제는 성인인 나를 여전히 돌보려고 하는 엄마의 마음도 비로소 이해가 간다. 그동안 그렇게 당신의 존재를 확인했을 테니 갑자기 그러지 못한다면 또 다른 의미를 찾아야 할 것이다. 그게 막막해서 원래 살던 대로 쭉 그렇게 살고 싶을 수도 있겠다.

　여전히 기르는 것을 두려워하는 나도 몇 년 전부터 자진해서 무엇을 기르기 시작했다. 코로나19 바이러스라는 것이 등장하고 한동안 사회적으로 완전히 고립되자 식물을 키우기 시작한 것이다. 식물은 스스로 움직이거나 말을 하거나 소리를 내지 않으니 키우기 어려우면서도 오히려 죽어도 그나마 죄책감이 덜한 것이 아닐까 싶었다. 사실 예쁘다며 한참 꽃병에 꽂아놓고 보던 절화들조차도 시들어서 버릴 때는 불편한 마음이 들던 때도 있었다. 하지만 어차피 계속 집에서만 지내야 한다면 이제 식물 정도는 정성껏 보살필 수 있겠다 싶었고 이것으로 현재의 내 상태도 체크해볼 수 있을 것 같았다. 어느 정도까지 받아들일 수 있고 또 어느 정도 괜찮아졌는지는 직접 해보지 않고는 알 수가 없으니까.

그동안 식물을 스스로 들인 적은 없었고 전부 누군가로부터 선물받았기에 제대로 키운 적이 없었다. 시들고 마르면 방치해두다 버리기 일쑤였다. 그래서 이번에는 최대한 기르기 쉽다는 종류를 찾아 구입했다. 개수도 많이 들이지 않았다. 물을 주는 횟수나 볕의 세기, 생육 온도 등 종마다 잘 자란다는 환경을 공부해 최대한 맞춰보려고 노력했다. 그러자 내 예상보다 식물들은 훨씬 더 잘 자랐다. 벌레가 생기거나 병이 들어 버티지 못한 것도 있었지만 대부분은 분갈이를 계속 해야 할 정도로 잘 자라서 놀라울 정도였다.

모종에 가깝던 작은 식물도 여러 화분에 나눠서 심을 수 있을 정도로 풍성하게 성장하는 모습을 몇 년간 지켜보며 나는 알게 되었다. 한 존재의 눈부신 성장이야말로 무척이나 경이롭고 아름답다는 사실을. 병이 든 것 같다가도 곧 다시 일어나 자라나고, 계절이 달라지고 환경이 달라져도 모습을 바꿔가며 적응해나가는 모습들은 바이러스로 세상이 멈춰 있는 것만 같은 시간 동안 살아 있음을 느끼게 해주었다. 네가 이렇게 살아 있으니 나 역시도 여전히 살아 있는 것임을 계속 일깨워 주었다.

그럼에도 나는 또다시 개나 고양이를 기르는 것에 대해 누군가 같은 질문을 한다면 다른 대답을 할 수 있을 것 같지는 않다. 어떤 생명에 대한 책임감을 다시 한번 느끼게 되었기 때문이다. 지금 키우고 있는 식물들이 언젠가 명을 다하여 모두 사라진다면 다시 새로운 식물을 들일 수 있을지도 잘 모르겠다.

경험자들에 의하면 반려동물은 마치 영원히 아기 상태로 머물고 있는 어떤 것을 키우는 것 같다고도 하더라. 모든 생명들은 모두 동등하게 소중하지만 이처럼 생물학적으로 너무나 다르니 함께하는 삶의 형태도 다 다를 수밖에 없다. 그런 차이로 어떤 것은 하찮고 어떤 것은 더 귀하다고 말할 수 있을까. 그저 각각 다르게 노력해야 하고 다르게 함께 살아야 할 뿐인 것이다.

시기에 따라 모습이 다양하게 달라지고, 스스로 할 수 있는 것도 점점 더 많아지고, 교감과 소통에서도 훨씬 더 여러 가지가 가능한, 그렇게 좀 더 복잡한 존재를 기를수록 함께하는 삶 또한 당연히 더 복잡다단해질 것이다. 내가 그들 중 가장 복잡하다고 해도 과언이 아닌 인간이라는 존재를 낳고 기르는 것을 포기하거나 그것이 불가능해진다면 나 역시도 훗날 다른 어떤 대상을 기르려고 할지도 모르겠다. 역시 처음이라 낯설고 그래서 어렵겠지만 그러한 또 다른 함께 살기가 나를 이전에는 몰랐던 세상으로 이끌 것은 분명하다. 그러한 삶의 여정 역시 인간을 기르던 이전과 비교하여 어느 것이 더 낫고 어느 것이 더 의미 있고를 따질 수는 없을 것이다.

에필로그

다만 지금의 답

내가 다시 아이를 낳는 것이 좋겠냐고 묻고 고민하다 어느새 몇 년이 흘렀다. 이런 당황스러운 질문에 온 마음을 다해 답해주던 사람들의 눈빛, 표정, 손짓, 목소리 모두 다 쉬이 잊을 수 없을 것이다. 모두가 내 곁에 있어 정말 다행이다. 이렇게 받은 것들을 나도 언젠가 돌려줄 수 있을 것이라 믿는다. 함께하는 한 우리는 계속 무엇인가를 서로 주고받을 수밖에는 없을 테니까. 필요로 하는 순간 힘이 되어주고 싶다.

하나하나 소중했던 대답들 중에서 마지막으로 이야기하고 싶은 것이 하나 있다. 사실 이 대답을 처음에 들었을 때는 바로 와닿지 않았는데 시간이 지나면 지날수록 계속 곱씹게 된다.

그날은 네 명이 만나서 가볍게 맥주 한잔을 하는 자리였다. 대답을 해준 그는 몇 년 만에 다시 만난 것이었는데 사실 건너 건너 아는 사이라 예전에는 그리 깊은 대화를 나눈 적이 없었다. 나보다 먼저 결혼했지만 아이를 낳지 않은 사람이었다. 혹시 이유가 있을까 궁금하기도 했지만 직접 물어본 적은 없다.

분위기는 무척 떠들썩했다. 그래서 나도 별 기대 없이 우스갯소리 비슷하게 질문을 던졌다. 내가 요새 사람만 만나면 무슨 습관처럼 이런 걸 묻고 다닌다면서.

그는 이렇게 대답했다.

"저는 아이를 다시 낳는 쪽이 좋을 것 같아요."

좀 뜻밖이었다. 그의 삶에 대해서는 전혀 알지도 못하면서 어쨌든 그가 현재 딩크족으로 살고 있으니 나도 모르게 내심 낳지 않는 쪽으로 말할 줄 알았던 것이다. 그런데 이어지는 말은 더 예상 밖의 것이었다.

"왜냐하면 그게 지금 미지 씨한테는 용기가 필요한 일인 것 같아요. 살면서 그런 일을 하는 게 더 의미 있을 수 있잖아요."

그날 이후 한동안 나는 용기에 대해서 생각했다. 당장 더 쉬워 보이는 쪽을 선택하는 것보다 용기를 내 좀 더 번거롭고 어려워 보이는 길을 선택했을 때 얻을 수 있는 무언가는 늘 있었다. 괴로울 것을 알면서도 그럼에도 시작부터 감수하고 견뎌냈을 때 그 대가라고 여겨질 만한 특별한 경험을 하게 된 적도 많았다. 심지어 그런 삶의 태도를 즐긴 시기도 있었다. 일부러 어려운 길만 찾아다니는 사람처럼. 아주 씩씩하게. 그런 경험들이 그동안의 내 인생을 보다 풍요롭게 만들어준 것도 사실이다.

바꿔 말하면 현재의 나는 그 용기를 잃어버린 것이다. 그에게 질문을 할 때 나는 이미 한번 실패함으로써 상처도 많이 받았고 또다시 반복하기가 막막하다는 식으로 얘기했었다. 그가 보기에 그때의 나에게는 아이를 다시 낳는 쪽이 더 용기가 필요한 일로 보였을 것이다.

그런데 시간이 좀 더 지나고 보니 어떤 것을 다시는 하지 않기로 결심하는 데에도 그에 못지않은 용기가 필요했다.

이런 지금의 내 마음이 어쩌면 한 번도 해본 적은 없지만 아마도 번지 점프를 하려는 것과 비슷할지도 모르겠다는 생각이 들었다. 모든 안전장치를 갖추고 마음도 단단히 먹고 점프대 꼭대기까지 올라가기는 했는데 도무지 이놈의 발이 안 떨어지는 것이다. 딱 한 발자국만 더 떼면 될 것 같은데.

　그러니 어떻게 한순간이라도 이런 자신이 싫고 부끄럽게 느껴질 때가 없겠는가. 이게 뭐라고 나만 못 하고 있나 싶은 생각이 왜 들지 않겠는가. 더구나 혼자면 차라리 낫겠는데 주변에서 재 언제 뛰어내리나 지켜보며 기다리고 있으니 민망하고 초조하기도 하다.

　지켜보던 사람들이야 그만 내려오라고 소리치다 지치면 먼저 집으로들 돌아갈 테지만, 그리고 각자의 삶을 살아갈 테지만, 계속 이런 식으로 용기가 나지 않는다면 나는 그냥 엘리베이터를 타고 도로 왔던 곳으로 돌아갈 확률이 높다. 그러면 당장은 쿵쾅대던 심장은 가라앉고 이제 살았다 다행이다 하겠지만 곧 아쉬움과 헛헛함이 밀려올 수도 있다. 결국에는 뛰어내려야만 느낄 수 있다는 그 아슬아슬함이나 짜릿함, 즐거움 같은 경험들은 포기하게 되는 거니까.

심지어 나는 아직도 아무 결정도 하지 못하고 여전히 번지 점프대 위에 서 있다. 하지만 이런 많은 질문과 고민과 고뇌의 시간을 거치며 깨달은 것이 있다. 어떻게 된다고 해도 이것은 변함없이 나의 인생이라는 것. 혹시 이렇게 주저하다 갑자기 점프대 위에서 생을 마감한다고 해도 그 역시 나의 삶일 것이다. 그리고 그 무엇 때문이 아닌 스스로가 고민하다 얻은 결과일 것이다.

끝끝내 어느 쪽도 선택할 용기를 내지 못했다고 해도 그러기 위해 노력했던 삶이었다고는 말할 수 있겠다. 그러니 참 많이 고생했다고 나 자신을 다독여줄 수는 있을 것이다. 이러고도 후회로 점철된 마지막을 맞이할 수도 있지만 이제는 그마저도 받아들일 수 있을 것 같다. 나는 어쨌든 끝까지 살아내기 위하여 최선을 다했을 테니까. 지금까지는 이 정도의 용기가 생겼다.

전에는 정답이란 정해져 있는데 다만 내가 그것을 찾

지 못했거나 찾기 위한 노력을 제대로 하지 않은 줄 알았다. 그래서 모든 결과를 성공과 실패로 규정짓고 스스로를 다그치기에 바빴다. 하지만 알 수 없는 미래는 처음부터 내 소관이 아니었다. 내가 할 수 있었던 것은 그저 선택일 뿐이었다. 이제 그 매번의 선택을 전처럼 쉬이 여기지 않겠다. 그 누구도 아닌 나 자신의 중심을 꼭 잡고 깊게 생각하고 고민하겠다. 그러고 나서의 결과는 그저 겸허히 받아들이는 것, 이제는 그것이 앞으로의 내 삶이 될 것이다.

내가 엄마가 될 수 있을까?

초판 1쇄 인쇄 2022년 10월 17일 **초판 1쇄 발행** 2022년 10월 26일

지은이 미지
펴낸이 이승현

출판2 본부장 박태근
스토리 독자 팀장 김소연
책임 편집 곽선희
공동 편집 강소영 김해지 이은정 조은혜
디자인 윤정아

펴낸곳 ㈜위즈덤하우스 **출판등록** 2000년 5월 23일 제13-1071호
주소 서울특별시 마포구 양화로 19 합정오피스빌딩 17층
전화 02) 2179-5600 **홈페이지** www.wisdomhouse.co.kr

ⓒ 미지, 2022

ISBN 979-11-6812-493-6 03810